헬로우 웨딩

백묘 장편소설

4

헬로우 웨딩 4 (완결)

초판 1쇄 발행 / 2013년 11월 11일
초판 2쇄 발행 / 2015년 7월 17일

지은이 / 백묘

발행인 / 오영배
책임편집 / 편집부
펴낸 곳 / (주)삼양출판사 · 드림북스

주소 / 서울특별시 강북구 도봉로 173
대표 전화 / 02-980-2112 팩스 / 02-983-0660
편집부 전화 / 02-980-2116 팩스 / 02-983-8201
카페 / cafe.naver.com/samyangbook

등록번호 / 제9-00046호
등록일자 / 1999년 3월 11일

ⓒ 백묘, 2013

값 10,000원

(주)삼양출판사 · 드림북스의 서면 허락 없이는 어떠한
형태나 수단으로도 이 책의 내용을 이용하지 못합니다.

ISBN 978-89-542-5396-3 (04810) / 978-89-542-5323-9 (세트)

* 지은이와 협의하에 인지는 생략합니다.
* 잘못된 책은 구입한 곳에서 바꾸어 드립니다.

이 도서의 국립중앙도서관 출판시도서목록(CIP)은 서지정보유통지원시스템 홈페이지(http://seoji.nl.go.kr)와
국가자료공동목록시스템(http://www.nl.go.kr/kolisnet)에서 이용하실 수 있습니다.
(CIP제어번호: 2013022056)

Hello Wedding

헬로우웨딩

백묘 장편소설

4

dream books
드림북스

차례

이야기 하나. **007**

이야기 둘. **043**

이야기 셋. **091**

이야기 넷. **143**

이야기 다섯. **179**

에필로그. **207**

번외편

기억 하나. 언제나 반짝이는 **263**

기억 둘. 그때에도, 지금도 **309**

이야기 하나.

Hello Wedding

1

 준성은 소파에 옆으로 누워 테이블을 바라봤다. 테이블 위에는 준성과 시현의 커플 머그컵이 놓여 있었다. 시현과 함께 있지 않을 때, 머그컵을 꺼내놓으면 함께 있는 기분이 들어서 좋았다. 자기 얼굴만 한 머그컵을 들고 재잘거리며 커피를 마시는 시현이 떠올랐다.
 한참을 그러고 있는데 민희에게서 문자가 왔다. 메일을 확인해 보라는 내용이었다. 준성은 누운 채 스마트폰으로 메일을 확인했다. 민희가 보낸 제목도, 내용도 없는 메일에는 파일이 하나 첨부되어 있었다. 아까 시현이 녹음했다던 그 파일인 모양이다.

준성은 파일을 다운받고 재생 버튼을 터치했다. 편집해서 보낸 듯, 짧은 소음 후에 예나의 목소리가 들려왔다. 준성의 예상대로 예나는 시현에게 '김희영 통장을 확인해 봐.'라는 말만 한 게 아니었다. 준성에 대한 모함과 시현을 깎아내리는 이야기들. 굳어 있던 준성의 얼굴에 부드러운 미소가 번진 것은 시현의 목소리가 들려오면서부터였다.

음악 감상을 하듯, 준성은 눈을 감고 시현의 목소리를 들었다. 시현이 만들어낸 마법 같은 이야기들을 준성은 몇 번이고 다시 들었다. 그녀의 음성은 놀랍도록 사랑스럽고 따뜻해서 준성의 심장을 들었다가 놨다 했다.

자신이 생각하는 사랑을 확고하게 정의내릴 수 있는 이 여자가 사랑스러워서 준성은 그녀를 위해 무엇이든 해 주고 싶었다.

사장님이 저를 대하는 그게 사랑으로 보여서 해성 그룹의 며느리가 되고 싶어졌어요.

이 부분이 특히 마음에 들었다. 준성은 그 부분을 몇 번 더 들으며 미소 지었다.

'그래, 내 세계로 건너와.'

시현이 직접 도와달라고 하진 않았지만 준성은 이제 슬슬 자신이 개입해야 한다는 것을 깨달았다.

'내가 잡아줄 테니까.'

2

최찬영과 윤예나는 빠르게 움직였다. 시현 쪽에서 또 다른 입금자들에 대해 조사할 틈도 주지 않았다.

처음에는 최찬영과 김희영의 파혼 기사만 떴다. 하지만 하루가 지나기도 전에, 김희영의 과소비 때문에 헤어졌다는 기사가 추가로 올라왔다.

기자는 김희영의 소비 습관을 낱낱이 파헤쳐 자극적인 기사를 썼다. 돈이 많은 김희영의 입장에서는 명품백 몇 개를 사는 게 조금도 과소비가 아니었지만, 기사를 읽은 사람들은 김희영에게 남자들의 돈을 뜯어내야만 하는 동기가 있다고 생각하게 되었다. 그리고 이틀 후, 최찬영과 같은 피해자가 많다는 기사가 떴다.

김희영이라는 사람을 알지도 못하는 사람들이 악플을 달았고, 보이지 않는 손이 여론을 움직여 'K 저축은행 외동딸의 실태'가 이슈화되도록 만들었다.

'희영 언니는 연예인도 아닌데…….'

연예인도 아닌 일반인의 소비 습관에까지 관심을 갖는 사람들은 많지 않다. 그럼에도 이렇게까지 이슈화된다는 것은 윤예나나 최찬영이 뒤에서 조종하고 있다는 말이었다.

생전 받을 일 없을 줄 알았던 사람들의 관심을 한몸에 받게 된 희영은 붕괴 직전이었다. 시현이 전화를 해도 횡설수설하다가 울기를 반복했다. 시현은 김 회장이 어떻게 움직이고 있는지 알고 싶었지만 희영과 대화가 되지 않아서 알아낼 방법을 찾을 수가 없었다.

게다가 회사 업무 시간에는 로운의 일을 해야 하기에 시현이야말로 자신이 붕괴되지 않는 게 신기하게 생각됐다.

"그래서 이번 프로그램에 우리 쪽 고객들을 싹 밀어 넣을 생각인데요. 아마 좋은 기회니까 다른 곳도 움직이려고 할 겁니다."

한희재 과장의 목소리에 시현은 상념에서 벗어났다.

이번에 공중파에서 새로 시작되는 일반인 소개팅 프로그램에 대한 안건 때문에 사원들이 모두 회의실에 모여 있었다. 소개팅 프로그램에 괜찮은 외모의 회원들을 참가시키려고 하고 있었다.

"중요한 건, 초기에 기선을 잡아야 한다는 겁니다. 프로그램이 재미있든 없든 초기에는 호기심 때문에라도 보는 사람들이 꽤 있을 테니, 첫 회에 무조건 회원 두 명 이상을 넣어 줘야 합니다."

시현은 자신이 만나 본 회원들 중 소개팅 프로그램에 나갈 만한 사람이 있을지 생각했다. 다른 사원들도 마찬가지였다.

"각자 맡은 회원들 중에서 프로그램에 나갈 만한 회원을 좀 골라 봐 주세요. 스펙은 물론 외모도 되는 사람이어야 됩니다. 그리고 촬영이 시작되면 우리 쪽 사원이 촬영지에 가 있는 게 좋을 것 같은데…… 이건 이시현 사원이 맡아주면 좋겠네요."

생각지 못한 제안에 시현이 벌떡 일어났다.

"제, 제가요?"

"네. 시현 씨도 여러 경험을 해 봐야 하고…… 아무래도 여사원이 꼼꼼하고 잘 챙겨 주는 편이라서 좋을 것 같네요. 첫날은 김 비서님께서 함께 가주신다고 하셨습니다."

"아, 네. 감사합니다."

촬영지에 나가게 되면 희영의 일을 신경 쓸 시간이 줄어들겠지만 시현은 거절할 수가 없었다.

회의가 끝나고 사무실로 돌아가려는데 한희재 과장이 따라왔다.

"시현 씨를 촬영장에 보내자는 건 김 비서님 생각이야."

"김 비서님께서요?"

"그래. 시현 씨, 요새 김희영 일 때문에 힘들잖아. 김 비서님이 머리도 식힐 겸 다른 일로 신경을 돌리게 해 주려고 하는 것 같아."

"아……."

"하지만 별로 고맙지 않지?"

한 과장이 다 안다는 듯 웃었다.

"그럴 만도 해. 잘 생각해 보면 별일도 아닌데, 이만큼 이슈가 되어 버렸으니까 당황스럽겠지. 하지만 이번에는 김 비서님 뜻에 따르는 게 좋아. 어차피 사건 많은 세상이라서 이런 일도 금방 묻히게 될 테니까……."

"하지만 저는…… 이 일이 언젠가는 로운으로 번지게 될 것 같다는 예감이 들어요."

"그렇게 되면 더 좋은 거지."

"더 좋다고요?"

"응. 지금보다 훨씬 상황이 나아지는 거지. 로운의 일이 되면 사장님이 움직일 테니까."

"……."

"우리 사장님은 사장실에서 꼼짝도 안 하고, 직원들한테 관심도 없는 것 같고, 회사 일도 건성인 것 같지. 그런데 왜 우리들이 로운에 다닌다고 생각해?"

"……월급을 많이 줘서요."

"하하하. 맞아, 그게 가장 큰 이유지. 하지만 사람이 월급만 보고 회사를 결정하지는 않잖아."

"그렇죠."

"내가 시현 씨보다 좀 더 오래 산 사람으로서 말하자면…… 사람이 여유가 있는 데는 이유가 있더라고."

한 과장은 그렇게만 말한 뒤 시현에게 힘내라고 격려를 해 주고 자리를 떠났다. 시현은 잠시 복도에 서서 한 과장이 한 말에 대해 생각했다. 하지만 역시 이해할 수가 없었다. 희영의 일이 로운으로 번지는 게 더 잘된 일이라니.

준성을 믿지 못하는 건 아니었다.

'아니, 믿지 못하는 걸지도 몰라. 아직도 사장님한테 내 어린 시절을 얘기하지 못했으니까.'

시현은 쓴웃음을 지으며 사무실로 향했다.

3

조사원은 예나에게 두 개의 서류 봉투를 가져다주었다.

집에 돌아온 예나는 서류 봉투에서 사진을 꺼냈다. 시현과 희영이 만나는 모습이 찍힌 사진이었다. 시현과 희영은 고객과 사원 사이라고 하기에는 몹시 친근해 보였다. 예나가 기대했던 모습이다.

또 다른 봉투에는 시현의 가족을 조사한 자료가 들어 있었다. 시현이 집을 나온 이유에 대한 동생의 증언도 있었다.

'집을 나올 만도 하네.'

라고 생각했지만, 곧 그 생각을 지웠다. 아주 잠깐이라도 적에게 동정심을 품어선 안 된다. 그렇게 배웠다.

예나는 며칠 전 파티에서 만난 시현을 떠올렸다. 시현은 기분 나쁠 정도로 아름다웠고, 짜증이 날 정도로 순진한 척을 해 댔다.

'그게 사랑이라고?'

꿈꾸듯 말하던 시현의 얼굴이 떠올랐다. 그 역겨운 목소리도.

'그렇게 생각하고 싶겠지.'

시현의 말은 전부 궤변이었다. 준성의 그 행동들은 사랑이 아니다. 그저 귀찮아서 상대가 하자는 대로 움직여 주는 것일 뿐. 만약 준성의 행동에 약간의 애정이라도 엿보였다면 예나가 준성을 떠나는 일은 없었을 것이다.

어릴 적부터 '발 받침이 되어 줄 사람'과만 교류하라는 교육을 받은 예나에게 준성은 완벽한 상대였다. 그 해성 그룹의 핏줄이고 심지어 외모도 근사했다. 준성의 마음을 모조리 갖고 싶었다. 하지만 아무리 용을 써도 가질 수 없었다. 예나가 이별을 고할 때에도 준성은 예나를 붙잡지 않았다. 떠나는 이유가 뭐냐고 묻지도 않았다.

'사랑이 아니야, 이시현.'

준성의 마음을 다 가진 것처럼 자신만만한 시현의 태도가 싫었다.

사실은 조금도 갖지 못했다는 걸 알려 주고 싶었다. 중요한 순간에 준성이 도와주지 않으리라는 걸 보여 주고 싶었다. 예나가 갖지 못한 것에 감히 손가락을 대려고 한 시현을 재기 불능으로 만들어 쫓아내고 싶었다.

문득 준성의 말이 떠올랐다.

그 여자만 생각하면 여유가 없어지거든.
그녀가 하고 싶은 걸 나도 하고 싶어졌고, 그녀가 보고 싶은 걸 나도 보고 싶어졌어.

예나는 손에 들려 있는 시현의 가족사진을 신경질적으로 집어던지고 눈을 감았다.

'어쨌든 다 준비됐어.'

차근차근 터뜨릴 일만 남았다.

자신이 터뜨린 폭탄은 해성 그룹도 막을 수 없으리라는 걸 예나는 확신했다.

4

하루하루가 지날수록 시현은 자신의 무능함을 실감했다. 곧 수그러들 거라는 한 과장의 말과는 달리, 이슈는 점점 커지고 있었다. '성을 무기로 한 여성들의 행각'이라는 소재가 시사 프로그램에 따로 편성되어 나올 정도였다. 게다가 희영에게 속아서 선물 공세를 했다는 사람들이 늘어나기 시작했다.

그들은 희영의 '이것만 해 주면 결혼해 줄게.'라는 말을 믿었다고 했다. 피해자인 사람들 중에는 몸이 불편한 어머니를 모시고 산다는 남자까지 있어서 희영은 거의 공공의 적이 되었다. 진실을 모르는 사람들이 하나로 뭉쳐 희영을 짓뭉개려 하고 있었다.

시현은 자신이 아무리 고민을 해봤자 희영을 위해 아무것도 해 줄 수 없다는 걸 깨달았다. 시현이 할 수 있는 건 가끔 희영을 만나 위로해 주는 것뿐이었다.

그런 와중에 소개팅 프로그램에 참가할 회원들이 선택되었고, 일정이 잡혔다. 시현은 도저히 따라갈 기분이 아니었지만 선택권이 없었다.

김 비서는 로비에서 시현을 기다리고 있었다. 언제나 그렇듯 단정한 차림새였다.

김 비서가 운전하는 차를 타고 촬영장으로 향했다. 촬영장은 서울 근교에 있는 작은 펜션이었다. 그곳에서 남자들과 여자들이 처음 만나고 간단한 인사 후에 방송국에서 준비한 미션을 고른다. 선택한 미션을 두 사람, 혹은 네 사람이 짝을 지어 해결하게 되는데, 그런 과정을 몇 번 반복할 거라고 했다. 촬영 기간은 한 시즌당 2주였다.

'이런 시기에 이 주 동안 촬영장에 가야 한다니…….'

마음이 무거웠다.

촬영장으로 향하는 두 시간 동안 차 안에는 무거운 침묵이 흘렀다. 시현은 차창 밖만 쳐다보고 있었고 정후 역시 일부러 말을 걸지는 않았다.

시현은 자꾸만 새어나오는 한숨을 막아보려고 했지만, 정신을 차리면 어느새 한숨을 토해낸 후였다. 촬영장에 도착할 때쯤에 정후가 백미러로 시현을 쳐다봤다.

"시현 씨. 괜찮겠습니까?"

"네, 비서님. 괜찮습니다."

준성은 희영의 일을 업무 외의 일로 생각하라고 했다. 업무 외의 고민을 업무 시간으로 끌고 올 수는 없었다. 시현은 밝은 표정을 지으려고 애썼다.

업무 중이니까 촬영에 대해서만 생각하자.

"오늘 나오는 여성 회원 중 한 명은 고위 인사의 자제분이니 신경을 좀 써 주셨으면 좋겠습니다."

"네, 비서님."

주차장에 차를 세우고 촬영 준비가 한창인 곳으로 향했다. 펜션 뒤쪽으로 버스 두 대가 보였다.

"로운에서 왔습니다."

정후가 스태프 중 한 명에게 말을 걸었다. 카메라를 설치하던 스태프는 귀찮다는 듯 버스를 가리켰다. 정후는 자신보다 한참 어려 보이는 스태프의 건방진 행동에도 불쾌한 내색을 하지 않고 버스 쪽으로 향했다.

"시현 씨."

말없이 정후의 뒤를 따라가는데 정후가 낮은 어조로 시현을 불렀다.

"네, 비서님."

"남자는 말입니다. 누구나 허세가 좀 있습니다. 머나먼 옛날부터 강한 남자가 여자에게 선택을 받을 수 있었으니, 당연하다면 당연한 거겠죠."

"네, 그렇겠죠."

"특히 남자는 사랑하는 여자 앞에서 강한 존재가 되고 싶어 합니다. 사랑하는 여자가 자기를 좀 더 대단한 사람으로 생각해 줬으면 하는 심리가 있죠."

"네, 맞아요."

말을 하다 보니 버스 앞에 도착했다. 정후는 버스 근처의 스태프에게 어디에 여성 참가자가 있는지 물었다. 이번 스태프는 아까의 스태프보다 친절했다. 스태프의 안내에 따라 여성 참가자가 있는 버스 앞으로 간 정후는 버스에 오르기 전, 시현에게 말했다.

"차 사장님은…… 그렇게 보이진 않겠지만, 알고 보면 그냥 인간이에요. 그리고 남자죠."

시현은 고개를 들어 정후를 쳐다봤다. 센 바람 때문에 흩날리는 연갈색 고수머리 아래로, 부드럽게 휘어진 진한 눈썹이 보였다. 속 쌍꺼풀이 있는 정후의 눈은 예쁜 초승달 모양으로 접혀 있었다.

"시현 씨가 강하다는 거 알아요. 능력이 있다는 것도 알고요. 그래도 한 번쯤은 그 양반이 원하는 걸 좀 해 주세요."

"차 사장님이 원하는 거요?"

"네, 시현 씨. 시현 씨가 도와달라고 하면 그 양반 아주 의기양양해질걸요."

정후의 장난스러운 말투에 시현은 아주 오랜만에 다른 생각 없이 웃을 수 있었다.

"기분 좀 나아졌어요?"

"네, 감사해요."

시현은 웃으며 정후의 뒤를 따라 버스 안으로 들어갔다. 버스 안에는 여성 참가자들이 한 자리씩 차지하고 앉아 있었다. 서로 모르는 상태라 그런지 어색한 분위기였다.

여성 참가자들은 정후의 등장에 놀란 듯했고, 그중 몇 명은 정후가 남성 참가자라고 오해한 듯 애교스러운 미소를 지었다. 정후는 옅은 미소를 띠고 가볍게 인사한 후, 가장 뒤쪽에 있는 여자를 향해 다가갔다.

"안녕하세요, 최아란 고객님. 로운 클럽에서 나왔습니다."

"어머, 한 번에 알아보시네요."

"그럼요, 저희 회원이신데. 안녕하세요, 김정희 고객님. 로운 클럽에서 나왔습니다."

정후는 그 앞에 앉아 있는 여자에게도 인사를 건넸다.

정후의 등장으로 버스 안의 분위기가 화기애애해졌다. 정후는 두 사람에게 시현을 소개시켜 주었지만, 두 여성은 정후의 얼굴을 쳐다보느라 바빠서 시현에게 관심을 주지 않았다. 여성 회원들과 대화를 나누던 정후가 잠시 쉬고 오라며 시현에게 눈짓을 했다.

시현은 버스에서 내려 펜션 근처를 산책하기로 했다. 서울 근교이기는 하지만 건물이 별로 없어서 숨통이 트였다.

오후의 태양은 여름의 향기를 가득 담고 있었다. 이제 몇 주만 더 지나면 숨 막히는 여름이 되리라.

'시간 참 빠르다.'

시현은 고개를 뒤로 젖히고 하늘을 쳐다봤다. 태양 때문에 눈을 뜨기가 힘들어서 아예 감아버렸다.

로운에 입사한 지도 거의 반년이 되어 간다. 문득 처음 만났을 때의 준성이 떠올랐다. 정말 이상한 사람이라는 생각이 들었었는데.

사장실에 앉아 어색한 분위기 속에서 커피를 마시고 밥을 먹던 그날들이 아주 오래전의 일처럼 느껴졌다. 지금은 아무 대화 없이도 어색하지 않았기 때문에 그때는 왜 그렇게도 그 시간이 무거웠는지 신기하기만 했다.

"넌 여기 왜 왔어?"

문득 들려오는 불퉁거리는 소리에 눈을 떴다. 바로 앞에 성대영이 있었다.

그러고 보니 파스텔 회원 중에도 참가자가 있다는 말을 들었다.

"일하러 왔죠."

"너도 여기 참가하나?"

"그럴 리가요. 회원들 촬영이라서 지켜보러 왔어요."

"지가 뭘 안다고."

그 말에 울컥했지만 드러내지는 않았다.

"그러는 아저씨는요?"

"알 거 없어."

자기가 먼저 말을 건 주제에 성대영은 귀찮다는 듯 시현을 밀치고 버스 쪽으로 향했다. 여성 참가자가 있는 버스였다.

'비서님이랑 마주칠 텐데.'

그런 걱정을 하는데 다행히도 촬영장 쪽에서 스태프가 외쳤다.

"자, 이제 촬영 들어가겠습니다!"

성대영이 투덜거리며 방향을 틀었다.

남성 참가자들이 버스에서 먼저 나왔고, 그다음에 여성 참가자들이 나왔다. 정후는 가장 마지막으로 나왔다.

시현을 찾던 정후의 눈이 성대영에게서 멈췄다. 정후의 얼굴에서 표정이 사라졌다. 정후는 성큼성큼 다가와 시현과 성대영의 사이에 섰다.

경계심 가득한 정후의 눈빛을 보며 성대영이 쓰게 웃었다.

"걱정 마. 안 건드렸으니까."

정후는 대답하지 않았다.

"안 건드렸다고!"

정후의 태도가 마음에 안 들었는지 성대영이 언성을 높였다. 다행히 촬영 준비에 바쁜 스태프들과 참가자들은 이쪽에 관심을 보이지 않고 있었다.

시현은 당황스러웠다. 정말로 안 건드렸는데.

"내가 여자라면 환장해서 아무 데서나, 아무나 막 건드리는 놈으로 보여?"

"그런 놈으로 보여."

정후의 말투에 시현은 눈을 크게 떴다. 지금껏 정후가 누군가를 하대하는 모습을 본 적이 단 한 번도 없었기 때문이다.

"시현 씨를 건드린 그 호텔 연회장은 비싼 돈 주고 빌린 곳이라서 아무 데서나가 아닌가? 설마…… 진짜로 그렇게 생각할 만큼 멍청이는 아니겠지?"

성대영이 이를 악물었다. 두 남자는 한 치의 양보도 없이 서로를 노려봤다. 시현이 어떻게 해야 할지 몰라 안절부절못하고 있는데, 스태프 한 명이 다가왔다. 아까 여성 참가자가 있는 버스를 알려 준 친절한 스태프였다.

"로운이랑 파스텔에서 오셨죠? 오프닝 촬영 꽤 길어질 것 같으니까 이쪽에 앉아서 기다리세요."

스태프는 거절할 시간도 주지 않고 벤치가 있는 곳으로 세 사람을 안내했다. 벤치는 딱 하나뿐이었다.

"자, 자. 앉으세요."

다들 앉기 싫어한다는 걸 눈치채지 못한 듯, 스태프는 그들이 앉기를 종용했다. 먼저 성대영이 어쩔 수 없다는 듯 앉았고, 그다음에 시현이 앉았다. 정후는 싫은 기색이 역력한 얼굴로 성대영과 시현 사이에 앉았다.

유명 MC의 오프닝을 시작으로 촬영이 시작됐지만 그쪽에 신경을 쓰는 사람은 없었다. 셋 다 시선은 그쪽에 있지만 다른 생각들을 하고 있었다.

"이시현 씨랑 준성이가 사귀게 될 줄 알았다면…… 이시현 씨를 건드리는 일은 없었을 거다. 미안합니다, 이시현 씨."

성대영의 목소리에 시현이 화들짝 놀라 고개를 돌렸다. 정후에게 가려져 성대영의 얼굴이 보이지 않았다.

'이제 와서 뭔 소리래?'

사과를 해도 '때린 것'에 대해서만 사과를 했던 사람이다. 그런데 갑자기 그 일에 대해서 사과를 하니 당황스럽기도 하고 무슨 의도인지 궁금하기도 했다. 그런 한편으로는 시현의 내부에 구축되어 있던 성대영이라는 사람의 이미지가 조금씩 달라지기 시작했다.

"이제 와서 사과해도 소용없어."

대답한 사람은 시현이 아닌 정후였다.

"너한테 한 사과 아니야."

"그쪽 사과는 내가 중간에서 걷어내 주지."

시현은 당황했다.

'김 비서님, 정말 왜 이러시지?'

정후가 아닌 다른 사람과 함께 있는 기분이었다.

"저기요. 걷어낸 사과, 일단 제가 잡을게요."

시현이 몸을 앞으로 굽혀 성대영을 쳐다보며 말했다.

"시현 씨, 이런 인간이 하는 사과는 받아줄 거 없습니다. 진심이 안 담겨 있으니까요."

"진심이야."

성대영이 한숨 섞인 목소리로 말했다. 얼핏 한 회사의 사장이라기보다는 운동선수처럼 건장한 성대영이 지금 시현의 눈에는 왜소하게만 보였다.

"저기, 진심이면…… 지금 하시는 짓, 그만 해 주시면 안 돼요? 김희영 씨에 대한 거요."

선이 강한 성대영의 얼굴이 일그러졌다. 화가 났다기보다는 괴로워 보이는 표정이었다.

"지금 하시는 그 짓, 나는 아는 게 없어."

"아는 게 없다니요. 아저씨 부인이 하는 짓이잖아요."

"그 부인이 하는 짓을 나는 모르거든."

다행히도 정후는 끼어들지 않았다.

"그럴 리가요. 부인이 하는 걸 왜 남편이 몰라요. 게다가 파스텔이랑 관계된 일이기도 하고."

"신경 꺼."

"어떻게 꺼요? 그것 때문에 우리 회원이 마음고생 하고 있는데."

"그거 잘됐네."

비아냥거리는 성대영의 표정은 조금도 즐거워 보이지 않았다.

햇빛 아래에서 성대영의 얼굴을 보는 건 처음이었다. 조명 아래에서 보는 것과는 다른 느낌이었다. 시현은 자신을 성추행하려고 했던 그 역겨운 남자가 사실은 굉장히 외로워 보이는 사람이라는 것에 놀랐다. 호텔에서 시현을 거칠게 잡아끌어 가두던 때와 어깨를 축 늘어뜨리고 앉아 있는 지금의 차이를 이해하기 힘들었다.

"힘 좀 써 주세요. 그럼 아저씨가 한 사과, 완전히 잡을게요."

"그거 고마운데 난 힘이 없어서."

"힘없는 양반이 다른 사람도 아니고 차준성 애인을 뺏어가?"

가만히 있던 정후가 던진 말에 성대영의 얼굴이 형편없이 일그러졌다. 시현은 성대영이 곧 울음을 터뜨릴지도 모른다고 생각했지만 그런 일은 없었다.

"그럴 생각 없었다는 거 알잖아."

정후와 대화를 하는 성대영은 시현을 대할 때와는 확연히 달랐다.

"없었다고 생각했지. 그런데 결과물을 봐. 없었는데 뺏어가?"

"그런 게 아니야. 나는……."

"뻔해. 형은 윤예나를 사랑했어. 그것도 미칠 듯이 사랑했지. 자기 친구의 연인인데도. 그래도 난 형을 존경했어. 내 눈에도 보일 만큼 사랑하면서도 준성이 형 앞에서는 내색하지 않았으니까. 소중한 두 사람 마음 무겁게 하지 않으려고 그 속에 꽉꽉 억누르고 있었으니까. 그런데 마지막에 그런 식으로 뺏어? 자기랑 가장 친한 친구의 연인을?"

"예나가 찾아왔어. 힘들다고."

"두 번 힘들었다가는 준성이 형 이름까지 뺏겠군."

"준성이는 예나를 사랑하지 않았어."

"사랑했어요!"

정후가 준성과 대영을 '형'이라고 부르는 것에 놀라고 있던 시현이 벌떡 일어났다. 정후와 대영이 고개를 들어 시현을 쳐다봤다. 둘 다 시현의 존재를 잊고 있었는지 시현이 그곳에 서 있는 것에 놀란 눈치였다.

"왜 다들 사장님이 사랑하지 않았다고 생각하는 거예요? 사랑했어요. 사장님의 사랑 방식이 그저 상대에게 녹아드는 타입인 것뿐이에요. 그런 거잖아요. 원래 사랑하면 상대한테 맞춰 주게 되는 거잖아요. 사장님은 저를 사랑하니까 제 방식에 맞춰 주고 있어요. 저도 사장님 방식에 맞춰 가고 있고요. 그렇게 서로 맞춰 가는 거, 그런 게 사랑 아니에요?"

"너…… 지금 우리가 무슨 얘기하는지 몰라? 네 애인의 전 여자친구에 대해 얘기하고 있는 거야."

"알아요. 근데요? 사장님은 과거에 아저씨 부인이랑 사랑을 했었고, 지금은 절 사랑해요. 그게 왜요? 제가 질투할 부분이에요? 제가 질투한다고 사장님이 사랑 한 번 해 본 적 없는 남자가 돼요?"

"너, 정말 이상한 거 알아?"

"제가 보기엔 아저씨가 더 이상해요. 부인을 사랑하긴 사랑하는 거예요? 왜 벌어진 일들을 이 자리에도 없는 부인 탓으로 돌리고 슬쩍 빠져나가려고 해요?"

"그게 사실이니까."

"그럼 더 이상하죠. 일단 이 자리에서는 부인을 변호해 줘야 하는 거 아니에요? 이유가 있을 거라고, 알아보겠다고 그렇게 말하는 게 우선 아니냐고요?"

성대영이 입을 다물었다.

"아저씨, 저는요. 툭 까놓고 얘기해서 지금 벌어지는 이 모든 일들이 조금도 이해가 되지 않아요. 사장님이 윤예나 씨를 사랑했고, 아저씨도 윤예나 씨를 사랑했다는 거 알겠어요. 그래요, 사장님의 사랑 방식이 윤예나 씨한테는 맞지 않았고, 윤예나 씨가 사랑받는 느낌을 받지 못해 아저씨에게 기댔다는 것도 이해할 수 있고요. 아저씨는 윤예나 씨를 미칠 듯이 사랑했으니 친구보다 사랑을 선택하기로 마음먹었다는 것도, 그것도 이해해요. 우정이냐, 사랑이냐. 그건 사람마다 다른 거니까요. 그러니까 특별히 아저씨가 못된 거라고 비난하지도 않아요. 그런데 제가 이해할 수 없는 건요. 도대체 왜죠? 윤예나 씨가 아저씨를 선택했고, 아저씨도 윤예나 씨를 선택했는데…… 왜 이런 일이 벌어지는 거죠?"

"……."

"너무 이상하잖아요. 윤예나 씨는 아저씨랑 결혼했는데 왜 제가 사장님 옆에 있다는 이유로 이런 일을 벌이는 거예요? 그래요. 아주 넓은 마음 씀씀이로 윤예나 씨가 여전히 차준성 사장님에게 미련이 남아 있다는 거, 그것도 이해를 해볼게요. 그런데요. 결혼했잖아요. 아무리 옛 연인에게 미련이 남아 있어도 결혼을 했으면 자기 남편에게만 집중해야죠. 어떻게든 남은 미련을 무시하려고 애써야죠. 그게 부부 사이의 배려이고 예의인 거 아니에요?"

"시현 씨. 저 인간들은 상대할 거 없습니다."

"아니요, 비서님. 알고 싶어서 그래요. 저, 이제 당사자잖아요. 차 사장님의 과거가 저에게 타격을 준다면 저도 알 권리가 있는 거 아니냐고요?"

시현은 거침이 없었다.

"전 결혼을 했다면 사랑하지 않더라도 최소한의 예의는 지켜야 된다고 생각해요. 인간 대 인간으로서요. 그런데 아저씨랑 윤예나 씨는……."

마침 고개를 들던 대영과 시현의 시선이 마주쳤다. 시현의 눈은 태양처럼 빛나고 있어서 대영은 눈이 꿰뚫린 것 같은 느낌을 받았다. 별것 아닌 어린 여자에게 그런 기분을 느꼈다는 것이 창피해 고개를 숙이려는 대영의 심장에 시현의 마지막 한마디가 날카롭게 꽂혔다.

"정말 부부 맞아요?"

5

돌아가는 차 안에서 시현은 죄를 지은 사람처럼 고개를 숙이고 있었다. 정후는 시현이 말하기를 기다렸고 시현은 얼마 지나지 않아 입을 열었다.

"죄송해요, 비서님."

"뭐가요?"

정후가 모르는 체 물었다.

"아까 주제넘게 굴어서요."

"아닙니다. 시현 씨 말대로 시현 씨에게 타격이 가고 있으니까 시현 씨도 당사자지요."

"역시 그렇죠?"

대번에 밝아지는 시현의 얼굴을 보며 정후는 작게 웃었다.

"시현 씨는 어떨 땐 무서울 정도로 거친데, 또 어떨 때 보면 굉장히 소심한 것 같아요."

"그러니까요. 정말 이상하죠?"

"아뇨, 재미있습니다."

정후는 역시 시현이 좋았다. 획획 바뀌는 표정을 보는 것도, 소심한 듯하다가 갑자기 당차게 돌변하는 것도 흥미로웠다. 역시 준성은 보는 눈이 있다.

'아니, 윤예나는 정말 아니었지.'

준성이 예나를 정말로 사랑했는지 아닌지 이제 와서는 잘 모르겠다. 하지만 적어도 준성은 예나에게 충실했다. 만약 예나가 준성을 떠나지 않았다면 뒤늦게 준성이 시현을 만나게 되었더라도, 시현을 사랑하게 되는 일은 없었을 거라고 장담할 수 있었다. 동시에 두 여자를 사랑하기에는 한없이 게으른 사람이니까.

준성의 옆에는 두 사람이 있었다. 윤예나와 성대영.

정후는 예나에게 별 감정이 없었지만 대영은 좋았다. 인간적으로 멋진 남자였다. 건실하고 진실되고 남자다운 사람. 삼국지를 좋아하는 정후는 늘 대영을 조자룡 같은 사람이라고 생각했었다.

"성 사장, 원래 멋진 사람이었습니다."

"그래요?"

"네. 지금 모습으로는 상상이 안 되죠?"

"정말 안 되는데요. 비서님이 멋진 사람이라고 할 정도면 정말 멋진 사람이었을 텐데."

"집안을 빼놓고 보면 사실 우리 사장님보다도 멋졌죠."

"에이, 설마요."

"조자룡 같았어요. 삼국지 읽다가 조자룡이 나오는 부분을 보면 성 사장이 떠오를 정도였죠. 명성 형님도 인정할 정도였으니까요."

"하……."

시현이 헛바람을 뱉었다.

정후는 시현의 심정을 이해했다. 지금의 성대영은 그때와는 완전히 다르다. 같은 건 외모뿐, 성격이나 말투는 다른 사람 같았다.

"성 사장이 먼저 윤예나를 사랑했어요. 아마 고백도 했을 거예요. 차이긴 했지만. 윤예나한테는 성 사장의 배경이 눈에 안 찼던 거죠."

정후는 느릿하게 그때의 일들을 이야기했다. 준성과 함께인 예나를 바라보는 대영의 눈빛이 얼마나 애절했는지, 그래도 세 사람이 함께 있을 때 대영이 얼마나 담담하게 행동했는지, 예나가 대영을 놀리듯 준성에게 애정 표현을 할 때도 대영이 얼마나 신사적으로 대처했는지.

듣는 내내 시현은 놀랍다는 감탄사를 내뱉었다.

"윤예나는 성 사장이 자기를 얼마나 사랑하는지 알고 있었습니다. 아주 잘 알고 있었죠. 제 생각엔 윤예나에게 진짜로 성 사장이랑 결혼할 생각은 없었을 겁니다. 아마 사장님을 떠보려고 한 거겠죠."

"하지만 사장님은 붙잡지 않았고요."

"네. 그런 분이니까요. 그래서 홧김에 성 사장이랑 결혼했겠죠. 꺼낸 말을 주워담을 수는 없다는 자존심도 있었을 거고요."

"그런 것 때문에 결혼까지 할까요?"

"그런 사람들, 의외로 많습니다."

지금은 성대영이 윤예나에게 이용당한 것일 뿐이라는 걸 알지만, 그래도 정후는 성대영이 가져다준 실망을 떨칠 수가 없었다. 그때, 성대영은 윤예나의 어리광을 받아 주지 말아야만 했다.

'아니. 오히려 잘된 거지. 덕분에 사장님이 시현 씨를 만났으니까.'

차가 신호에 걸려 서 있는 동안, 정후는 조수석의 시현을 흘끗 쳐다봤다. 봉긋한 이마에서 부드럽게 떨어지는 콧날이 예뻤다. 꼬리가 올라간 눈매는 조금 날카로워 보였지만, 악의에 차 있지는 않았다. 정후는 시현이 뭐든 좋게 받아들이려고 애쓰는 사람이라는 걸 알고 있었다.

"그래도 좀 놀랐어요. 비서님이 그렇게 감정을 드러내는 모습을 처음 봐서요. 그 아저씨를 정말 좋아하셨나 봐요."

시현이 말했다. 정후는 잠시 망설이다가 솔직하게 대답했다.

"네, 정말 좋아했습니다. 부모에게 버림받은 놈이라는 걸 알면서도 저를 존중해준 사람이었거든요."

정면을 향하고 있던 시현의 시선이 천천히 움직여 정후의 얼굴에서 멈췄다. 신호가 바뀌었기에 정후는 차를 출발시켰다.

"버림을 받았습니다. 고아원 앞에 편지랑 같이 버려져 있었다고 하더군요. 그런데 그 부모란 사람들이 얼마나 무책임한지, 하필이면 최악의 고아원에 절 버렸더라고요. 밥도 안 주고 때리기 일쑤였죠. 성적인 폭행도 당했습니다. 남자인데도요."

정후는 자신이 왜 이런 말을 시현에게 늘어놓는 건지 알 수 없었다. 잊고 싶은 고아원에서의 일. 그 일에 대해 자세히 아는 사람은 정후를 거둬준 준성의 할아버지와 아버지밖에 없었다. 준성에게도 하지 않은 그 이야기들이 아무렇지도 않게 흘러나오는 것에 놀랐다.

"저는 도망쳐야겠다고 생각했고, 세 번의 탈출 시도 끝에 성공했습니다. 그러다가 회장님, 그러니까 해성의 회장님을 만나게 됐고 어쩌다 보니 차씨 가문에서 자라게 되었죠."

아무 말도 들려오지 않았지만 정후는 시현이 자신의 이야기를 주의 깊게 듣고 있다는 걸 알 수 있었다. 한쪽 뺨에 시현의 시선이 느껴졌다.

"제가 고아원 출신이라는 걸 아는 사람들은 저를 동정하거나 무시하고 경멸했죠. 고아원 출신 주제에 해성 그룹 회장을 꾀서 차씨 가문의 보호를 받고 있다고요. 차씨 집안 분들은 잘 해 주셨지만, 오히려 밖의 시선이 따가웠죠. 하지만 성 사장은 한 번도 절 그런 식으로 대한 적이 없었습니다. 굉장히 인간적인 사람이라서 좋아할 수밖에 없었죠."

"그래서 배신감이 더 크신 거네요."

"네, 배신감이 아주 큽니다. 어쩌면 차 사장님이 느끼고 있는 것보다 더요."

대화가 끊겼다.

정후는 후회했다. 그런 이야기를 하는 게 아니었다. 아무리 분위기를 탔다고는 하지만 아무에게도 하지 않은 이야기를 꺼낸 자신의 행동을 이해하기 힘들었다.

차는 조용히 달려 회사 앞에 도착했다. 달칵, 시현이 문을 열었다. 정후는 어쩐지 시현을 볼 낯이 없어서 그쪽을 쳐다보지 않았다.

시현이 내린 후에도 문이 닫히지 않았다. 그제야 정후는 조수석 쪽으로 고개를 돌렸다. 시현이 허리를 굽혀 차 안을 들여다보고 있었다. 왜 그러냐고 묻는 시선을 보내자 시현이 미소를 지었다. 그 미소는 보는 사람마저도 쓰게 느낄 만큼 슬퍼서, 그제야 정후는 자신이 왜 시현에게 그 이야기를 털어놨는지 알 수 있었다.

"저도요, 비서님."

정후는 느끼고 있었던 것이다.

"저도 엄마한테 버림받았어요."

시현도 자신과 같다는 것을.

Hello Wedding

1

준성의 이야기를 들은 민희는 놀람을 감추지 못했다. 경악으로 크게 뜨인 눈은 깜빡이는 걸 잊은 듯 한참 동안 준성을 바라봤다.

"그걸…… 오빠가 어떻게 알고 있어?"

"예전에 윤예나가 말실수를 했어. 그리고…… 어느 정도 짐작하고 있기도 했고."

"짐작? 어떻게?"

"윤 의원이 정계에 등장한 게 너무 갑작스러웠거든."

"그런데…… 그게 왜 안 알려진 거지? 소문이라도 돌아야 하잖아."

"소문은 있어. 다만 수박 겉핥기식이라서 윤 의원이 모르는 척하고 있을 뿐이지. 거기서 윤 의원이 나서면 도둑이 제 발 저려서 그런다는 소리를 들을 게 뻔하니까, 아주 무시를 하고 있는 거겠지."

"그런데 윤예나가 그 얘기를 오빠한테 했다고? 윤예나는 그걸 어떻게 알았는데?"

"윤 의원이 술김에 한 말을 가지고 나름대로 추리를 했던 것 같아. 하지만 윤예나도 정확한 사정은 알지 못했어. 그게 얼마나 무거운 일인지 모르니까 그렇게 가볍게 나한테 얘기했겠지."

"하…… 기가 막히네."

민희는 고개를 절레절레 저었다.

준성이 갑자기 불러서 이상하다고 생각했는데, 준성이 조사해달라고 한 것은 더 이상한 내용이었다. 아니, 이상한 것을 떠나서 도무지 믿을 수가 없었다.

"일단 조사는 해볼게. 근데 워낙 오래된 일이라서 가능할지는 모르겠어."

"대략적인 것만 알아내면 돼. 나머지는 윤 의원이랑 직접 승부를 보면 되니까."

"승부 보기 힘들걸. 윤 의원은 혼자 죽으려고 하지 않을 거야."

"난 별로 잃을 게 없어."

"놀고 앉아 있네. 오빠가 뭘 가졌다고 윤 의원이 같이 죽으려고 하겠어? 해성을 끌어들이려고 할걸?"

"그거야 할아버지랑 아버지가 알아서 하실 일이고."

"일 벌여놓고 혼자 쏙 빠지시겠다?"

"넌 해성이랑 연 끊은 거 아니었어?"

"연 끊었지. 하지만 사람들은 아직도 날 해성이랑 연관 지어서 생각하잖아. 해성과 관련된 비리 사건이 터질 때마다 연루되는 게 얼마나 기분 더러운 줄 알아?"

"몰라."

"……."

민희의 입에서 한숨이 새어나왔다.

준성이 해 준 이야기는 함부로 건드릴 수 없는 사안이었지만, 알게 된 이상 묻어둘 수도 없었다.

"아무튼 이건 조사해볼게. 모르는 척할 순 없는 일이니까."

"최선을 다해 줘."

"난 시작한 일은 늘 최선을 다해."

민희는 쏘아붙이듯 말하고 사장실에서 나왔다.

민희가 나간 후, 준성은 천천히 일어나 창문을 향해 걸어갔다. 그리고 깨끗한 유리창 너머를 내다보며 생각에 잠겼다.

몇 년 전, 윤예나는 말실수를 했다. 그걸 깨달은 윤예나는 별일 아닌 듯 넘기려 했지만 준성은 그것이 그냥 넘길 사안이 아니라는 걸 깨달았다. 하지만 따로 조사를 해 보진 않았다. 귀찮다는 이유가 가장 컸고 조금 전 민희가 말한 이유도 있었다. 윤 의원은 혼자 죽을 사람이 아니니 건드려서 좋을 게 없었다.

윤예나와 헤어지고 윤 의원이 이별의 책임을 준성의 탓으로 돌리며 해성 그룹을 압박한다는 걸 알았지만, 그래도 그 일을 끄집어낼 생각은 없었다. 윤 의원의 압박쯤은 충분히 감당할 수 있는 해성 그룹이었으니까.

하지만 이제는 상황이 달라졌다.

이번에 윤예나가 벌인 일을 무마시킨다고 해도, 윤예나는 또 공격해 올 게 분명하다. 아마 윤 의원은 교묘하게 윤예나를 조종하면서 웃고 있겠지. 윤 의원은 해성 그룹이 큰 타격을 받을 때까지, 혹은 윤예나가 공격을 거듭하다가 무너져 재기불능이 될 때까지 자신의 야욕을 멈추지 않을 그런 사람이었다.

그렇다면 아예 싹을 잘라내는 게 나았다.

민희가 자세한 것을 조사해 온다면, 그래서 그 자료를 들이민다면 할아버지인 차 회장도 힘을 빌려줄 것이다.

똑똑.

노크 소리에 준성은 몸을 돌렸다.

"들어와."

문이 열리고 시현이 들어왔다.

"퇴근 안 하세요?"

"해야지. 촬영 재미있었어?"

"그냥요. 거기서 성대영 아저씨 만났어요."

"아아. 그래?"

성대영의 이름을 들어도 아무 감정이 안 든다는 게 신기했다. 전에는 그 이름을 떠올릴 때마다 뱃속이 부글부글 끓는 불쾌감이 찾아왔는데.

준성은 그것이 시현 덕분이라는 것을 알았다. 이 놀라운 아가씨는 절대로 떨어지지 않을 줄 알았던 분노를 가지고 가는 대신 새로운 감정을 남겨뒀다.

안절부절못하게 되고 초조해지고 한없이 행복하다가도 갑자기 울적해지는, 뭐라고 정의 내릴 수 없는 그런 감정들. 시현과 함께 있으면 놀랄 만큼 수많은 감정이 준성을 찾아왔다가 사라지기를 반복했다.

"주말에 놀이공원에 가고 싶어요."

"그래. 주말에 가자."

둘은 잠시 소파에 앉아 대화를 나눴다. 언제나 그렇듯 말을 하는 쪽은 시현이었다. 준성은 그녀의 음성을 듣는 게 좋았다.

"슬슬 배고파요. 떡볶이 먹으러 가요."

시현이 말했을 때, 노크 소리가 났고 준성이 대답하기도 전에 문이 열렸다. 정후는 하얗게 질린 얼굴로 성큼성큼 걸어 들어왔다. 노트북을 들고 있었다.

"방해해서 죄송합니다만 이걸 보셔야 할 것 같습니다."

정후가 노트북을 테이블에 내려놨다. 정후의 표정이 전에 없이 심각했다. 두 사람이 노트북에 뜬 내용을 보려고 하는데, 준성의 휴대폰이 울렸다. 준성은 노트북 화면에 눈을 고정시킨 채 전화를 받았다.

[차 사장, 인터넷 기사 봤냐?]

명성이었다.

"지금 보고 있어."

휴대폰을 움켜쥔 손에 힘이 들어갔다.

"이렇게 엮어 넣었네요."

체념한 듯한 시현의 음성이 들려왔다.

"그래, 이렇게 엮어 넣었네."

준성은 휴대폰을 귀에 댄 채로 인터넷 기사를 노려봤다.

결혼 정보 회사 R 클럽, 알고 보니 꽃뱀들의 놀이터?!

자극적인 제목의 기사엔 벌써 천 개가 넘는 댓글이 달려 있었다.

R 클럽에 가입된 여성에게 피해를 본 남자들이 많이 있다. R 클럽 회원 중 열 명가량의 여성 회원이 결혼을 하겠다며 순진한 남성 회원들에게서 돈과 현물을 받아낸 것으로 알려졌다. 꽃뱀으로 활동하는 여성 회원들은 R 클럽의 사원인 이 모 씨와 계약을 맺고, 돈이 있을 법한 남성 회원을 소개받는 대신 일정 금액의 수수료를 이 모 씨에게 지불하고 있다고 밝혀졌다. 그

중에는 그만두려고 한 여성 회원도 있었지만 그만두면 그동안의 일들을 전부 공개하겠다는 이 모 씨의 협박 때문에 그만두지 못했다고 한다. R 클럽의 사장 차 모 씨가 그 사실을 알고도 묵인한 것인지, 전혀 모르고 있었는지에 대해서는 밝혀지지 않았다.

……는 게 기사의 주된 내용이었다.

"전 이런 짓 한 적 없어요."

시현이 의외로 담담하게 말했다.

"알아. 김 비서, 이 기사를 쓴 기자에게 연락해서 제보한 사람을 알아내 줘. 아니면 피해자 신상이라도."

"알아낼 수 있는 만큼 알아보겠습니다."

정후가 걱정스러운 표정으로 시현을 쳐다보다가 작게 한숨을 쉬고 사장실에서 나갔다.

"괜찮아?"

"네, 괜찮아요."

준성은 시현의 무릎 위에 가지런히 놓여 있는 손을 꽉 잡았다. 괜찮다는 대답과는 달리 손이 차게 식어 있었다. 괜찮지 않으면서도 그런 감정을 드러내지 않는 그녀의 태도에 심장이 죄었다.

준성은 시현이 자신의 체온을 느낄 수 있도록 손을 떼지 않고 천천히 말했다.

"차 모 씨가 사장으로 있는 결혼 정보 회사는 로운 하나밖에 없어. 로운에 이씨 성을 가진 사원은 네 명이고."

"네."

"아마 내일쯤에 피해자를 취재한 기사가 뜰 거야. 그리고 꽃뱀으로 활동한 여성 회원을 취재한 기사도 뜨겠지. 거기서 일을 주도한 사원이 여자라는 게 밝혀질 가능성이 높아."

"네."

"회사 홈페이지에는 사원들 사진과 연락처가 적혀 있어. 자네 신상이 금방 알려질 거야. 아마 항의 메일과 비방 메일이 폭주하겠지. 전화도 많이 걸려올 거고."

"네."

"인격적인 모독을 서슴없이 할 거야. 이번 주 안에 기자들이 자네를 취재하겠다고 찾아올 거고 자네가 거부해도 사진을 찍고 멋대로 기사를 지어낼지도 몰라. 자네가 입 밖에 낸 한 마디가 한 적도 없는 수십 마디의 말로 바뀌어서 신문에 실릴 수도 있어."

"네."

"자네가 원한다면 당분간 휴가를 줄게. 홈페이지 커플매니저 정보란을 아예 없앨 수도 있어. 잠깐 서울을 떠나는 것도 방법이야. 기자들은 어떻게든 자네 집 주소를 알아낼 테니까."

시현이 천천히 숨을 몰아쉬었다. 준성은 시현의 대답을 기다렸다. 시현의 손은 준성이 꽉 잡고 있는데도 좀처럼 따뜻해지지 않았다.

"도망치고 싶진 않아요. 그러면 오히려 기사가 진짜라고 시인하는 게 되어 버릴 테니까요."

"그래."

"기자들이 찾아오는 거, 괜찮아요. 전화, 메일, 그것도 괜찮고요. 밖에 나갔다가 모르는 사람들이 계란을 집어던져도 돼요. 던진 돌에 맞아서 머리가 깨져도 되고요."

"그런 일은 없을 거야."

"있어도 돼요. 저는 그저……."

시현의 손에 힘이 들어갔다.

"저는 그저…… 이번 소란으로 제 가족이라는 사람들이 절 찾아내거나 하는 일만 생기지 않았으면 좋겠어요."

2

모든 것이 준성의 말대로 진행됐다.

이튿날, 꽃뱀으로 활동하던 여성 회원의 인터뷰가 떴다. 단독 취재라며 모든 포털 사이트 상단에 뜬 기사는 사람들의 주목을 받았다.

여성 회원은 R 클럽에 가입을 하고 일주일도 되지 않아 이 모 씨의 전화를 받았다. 이 모 씨는 여성 회원의 집안 사정이 좋지 않다는 걸 알고 있었고, 아픈 어머니의 병원비를 마련하기 위해 돈 많은 남자에게 약간의 돈을 빌리는 것뿐이니 죄책감을 가질 것 없다며 여성 회원을 꾀었다. 여성 회원은 아픈 어머니 생각에 흔들려서 이 모 씨와 계약을 했지만, 진심으로 자신을 대해 주는 남자들 때문에 죄책감이 들어 그 일을 그만두고 싶었다. 그러나 그만두는 순간, 당신이 한 짓을 피해당한 남성과 회사에 알리겠다고 이 모 씨가 협박해서 그만둘 수도 없었다. 같은 여자이면서 그런 식으로 행동한 이 모 씨를 용서할 수가 없다, 라는 기사였다.

그런 와중에 시현과 희영이 만나는 사진까지 공개됐다.

헐. 나 꽃뱀 사진 찍었음. 여자들 예쁘게 생겨서 그냥 찍었던 건데…… 저 여자 로운의 그 여자 아님? 그리고 왼쪽에 있는 여자, 제약회사 아들인지 뭔지 뜯어먹은 여자 아님?

……이라는 내용으로 올라온 사진은 사람들의 관심을 불러일으키기에 충분했다. 거기에 더해 여성과 피해자 남성이 주고받은 문자의 내용까지 일파만파로 퍼져 나갔다.

인터넷은 무서웠다. 네티즌은 순식간에 시현을 찾아냈고 그녀가 나온 대학까지 알아냈다. 전화가 불통이 될 만큼 수시로 걸려왔고 온갖 욕설이 섞인 비방 메일이 날아왔다.

기자들도 찾아왔다. 이 문제에 대해 허심탄회하게 심경을 고백해 주었으면 좋겠다고, 해명할 기회 아니냐며 시현을 붙잡았다. 이웃들은 시현의 집 앞에 진을 치고 있는 기자들 때문에 원성을 높였고 집주인은 이달 말에 집을 비워 주었으면 좋겠다고 전해왔다.

그래도 시현은 괜찮았다.

얼굴 모르는 사람들의 비난, 기자들의 조롱 섞인 질문, 그런 건 시현에게 아무런 타격도 주지 못했다.

이야기 둘 57

시현은 그저 불안했다. 저 기자들 틈에 혹시라도 아는 얼굴이 있을까 봐. 7년 전 버린 과거가 섞여 있을까 봐. 그게 불안해서 시현은 고개를 들 수가 없었다. 그 과거가 계부나 친모여도 문제지만, 새울이어도 문제였다. 동생에게 이런 모습을 보이고 싶지 않았다.

"하여간 웃긴다니까. 애초에 시현이가 마담뚜를 했든, 스스로 꽃뱀 짓을 했든 사람들이 신경 쓸 이유가 없잖아. 얘가 연예인도 아닌데…… 이런 기사가 크게 다뤄지는 것부터가 이상하다는 생각이 안 드나?"

민희가 투덜거렸다.

"돈으로 매수했을 겁니다."

명성이 말했다.

"여성 회원들에게 돈이 필요한 상황이었다는 건 사실이겠죠. 그 돈을 구하는 방법이 꽃뱀 짓이 아니라 양심을 판 거라서 문제지만. 아마 남성 회원도 비슷한 상황일 겁니다. 돈이 많은 남자들이 아니라는 거죠."

정후는 어렵게 여성 회원들과 남성 회원들의 신상을 알아왔다. 여성 회원들도, 남성 회원들도 집안 사정이 좋지 못했다. 심지어 로운의 회원이 아닌 사람들도 있었다.

"사람들이 참 웃기는 게…… 꽃뱀 노릇을 한 여성 회원은 돈이 필요한 불쌍한 여자들이라고 생각하면서…… 첫 번째로 보도됐던 김희영이 남의 돈을 뜯어낼 필요가 없을 만큼 돈이 넘쳐난다는 건 생각하지 않더라고요."

"그러게요."

"그나저나 미안하게 됐습니다, 시현 씨."

시현은 지금껏 숙이고 있던 고개를 들어 명성을 쳐다봤다.

"오빠가 왜요."

"제가 괜히 옷을 사드리는 바람에……."

"아아. 그거요."

시현이 쓴웃음을 지었다.

월급쟁이 생활을 하는 시현이 값비싼 옷을 입고 다니는 것도 문제가 되었다. 사람들은 시현이 자신의 벌이를 생각하지 않고 명품만 찾다가 카드값을 감당할 수 없어서 그런 짓을 했을 거라며 떠들어댔다.

그게 여자와 남자의 싸움이 돼서, 남자들은 '여자들은 다 된장녀야!'라고 주장했고, 여자들은 '저 여자 하나만 가지고 일반화시키지 마. 저런 경우는 특이해!'라며 반박했다.

"이런 상황에서 변명을 한들 바뀌는 건 없을 겁니다. 사람들은 자기가 믿고 싶은 것만 믿고, 보고 싶은 것만 보니까요. 게다가 시현 씨가 차 사장 연인이라는 것도 알려졌으니…… 질투 때문에 더 그러는 걸 겁니다. 내가 갖지 못했으니 너도 가지면 안 돼, 라는 심리가 있는 거죠."

명성이 냉소적으로 말했다.

"아주 같잖다니까. 시현이 씹는다고 지들이 차 사장 애인이 될 수 있는 것도 아니고…… 하여간, 문제가 많이 복잡해졌어. 이시현이 차 사장 연인이라는 것 때문에 관심 안 두던 사람들까지 몰려들게 됐잖아. 웃기는 건, 차 사장한테 동정론이 쏠리고 있다는 거지. 이시현한테 속았을 거라면서. 알고 보면 이 모든 게 차 사장이 옛 애인 관리 제대로 못 해서 벌어진 일인데."

민희가 인상을 찌푸리고 준성을 노려봤다. 준성이 순순히 수긍했다.

"응, 맞아. 미안해."

"하여간 차 사장, 이런 상황에서 괜히 이 여자 내 여자 맞으니까 건드리지 말라는 둥, 이 여자를 진심으로 사랑한다는 둥, 그런 거지 같은 멘트 하지 마. 그거 하는 순간 이게 해성 그룹의 일이 되어 버린다는 거 알지?"

"아…… 그렇게 엮어 넣는 방법이 있었네."

준성이 미소 짓는 모습에 민희가 몸을 부르르 떨었다.

"할 생각이구만. 절대 하지 마. 안 그래도 지금 할아버지 화 나셨어."

"그럼 더 좋지."

"좋긴 뭐가 좋아. 할아버지가 진짜로 화나면 차 사장도 끝이고, 나도 끝이고, 명성 오빠도 끝이고…… 하여간 다 끝인데! 그냥 할아버지가 조용히 화내고 있을 때 서둘러서 끝내버려."

"그래. 할아버지는 그냥 바둑이나 두시게 하자."

명성도 민희의 의견에 동의했다. 시현은 해성 그룹의 회장이라는 사람이 얼마나 무섭기에 민희까지도 떨게 만드는지 궁금해졌다. 하지만 지금은 그런 걸 궁금해할 때가 아니었다.

이 일 때문에 로운 클럽의 업무 자체가 마비되었다. 다른 사원들은 문의와 항의를 하는 회원들에게 상황을 설명하고 수습하느라 바빴다.

"아무튼 시현이 넌, 차 사장이 마련해 준 집으로 피신해 있어. 계속 기자들 피하는 모습 사진으로 찍혀 봐야 네 이미지에 좋을 게 없어."

"응."

"이건 완전히 고래 싸움에 새우등이 터진 거지. 잘못한 것도 없는데 괜히 휘말려 들어서 웬 고생이야."

거칠기는 하지만 걱정이 담긴 민희의 음성이 시현을 끌어안았다. 시현은 조금 눈물이 날 뻔했지만 간신히 참았다. 운다고 해결되는 건 없었다.

"이젠 회사 안 나와도 돼."

준성이 말했다.

"열흘 이상 시달리면서도 꼬박꼬박 출퇴근했으니까, 지금부터 안 나온다고 해서 도망친 것처럼 보이진 않을 거야. 업무마비 때문에 잠깐 휴가를 낸 거라고 하면 되니까."

"그래, 시현아. 일이 해결된 뒤를 생각해 봤을 때도 그게 낫겠어."

민희가 서둘러 준성의 말에 힘을 더했다. 시현은 그들의 뜻에 따르기로 했다. 실제로 회사에 나온다고 할 수 있는 일도 없었다. 오히려 시현을 따라다니는 기자들 때문에 다른 사원들에게도 폐를 끼치게 될 뿐이었다.

정후와 준성이 시현을 새집으로 데려다 주겠다고 나가고, 사장실에는 명성과 민희만 남았다. 명성은 이제 준성에게는 필요 없어진 재떨이를 노려보고 있었다.

"시현 씨 가족을 만난 거냐?"

문득 들려오는 질문에 민희가 고개를 갸웃했다.

"어떻게 알았어?"

"차민희는 도망치라고 권하는 여자가 아니거든. 그런 차민희가 시현 씨한테 피해 있으라고 하는 걸 보니 이유가 있을 거라고 생각했지. 지금 시현 씨는 기자들이나 악플러들보다 가족을 더 피하고 싶어 하고, 차민희는 그걸 알고 있고."

명성이 고개를 들어 민희를 쳐다봤다.

"도대체 어떤 사람들인데?"

"걔네 가족 못쓰겠더라."

"못쓰겠다고?"

"응. 아주 지독해. 정말로 지독해서……."

민희는 잠시 말을 멈췄다. 뭐라고 표현을 해야 좋을지 알 수 없었기 때문이다. 하지만 고민을 해도 적당한 말이 떠오르지 않아서 민희는 자신도 모르게 얼굴을 구겼다. 그 가족만 생각하면 역겨움이 치밀어올라 표정 관리를 하기 힘들었다.

"정말로 지독해서, 시현이가 불쌍해."

"……그래."

"정말 불쌍해."

불쌍해, 라는 말을 좋아하지 않는다. 상대를 불쌍하다고 생각하는 순간, 그 틀 안에 밀어 넣게 되니까. '불쌍해서 동정받아야 하는 처지'라는 상자 안에 가둬두고 상대를 과소평가하게 되는 게 싫었다.

하지만 시현의 가족을 만난 후, 민희는 그 감정을 지울 수가 없었다.

"정말로 불쌍해."

시현의 가족은 정말 지독했다. 시현에게 들었던 것보다 더. 그래서 시현이 불쌍했다. 그런 가족조차도 좋은 쪽으로 말하려고 했던 시현이 안쓰러워서 가슴이 쓰렸다.

"걔가 어떻게 그렇게 잘 자란 건지 모르겠어. 나 같으면 미쳤을지도 몰라."

"차민희가 그런 말을 할 정도야?"

명성이 어두운 표정으로 민희를 바라봤다. 민희는 작게 한숨을 쉬었다.

"그러니까…… 일단…… 난 이번 사건이 터지고 나서 제일 먼저 시현이 뒷조사를 시작했어. 혹시라도 구린 게 있으면 밝혀지기 전에 전부 덮어 버리든가, 변명할 구실이라도 찾아야 하니까."

"그런데?"

"통장이 있었어. 십몇 년 전에 만들어진 통장. 그동안 쭉 거래가 없다가 몇 주 전부터 많은 돈이 입금된 통장. 아마도 시현이는 그 통장의 존재 자체를 잊고 있었을 거야. 어릴 적에 학교에서 만들라고 해서 만들어 두고 집을 나올 때 놔두고 나왔겠지. 그 나이 때는 자기 통장, 별로 중요하게 여기진 않잖아."

"그렇지."

"난 윤예나가 이미 시현이 가족이랑 만났을 거라고 생각했어. 윤예나도 시현이가 관리하지 않는 통장이 하나쯤은 있을 거라는 생각을 했겠지. 만약 로운 측에서 이시현 사원은 그런 일에 연루된 적이 없다고 보호해 주려고 나설 때, 거기에 반박하려면 그런 돈을 받아먹은 증거가 필요해. 시현이가 관리하지 않는 통장이 그렇게 쓰기에 안성맞춤이고. 하지만 통장은 타인이 만들 수 없고 조작하기도 힘드니까 직접 가서 받아왔을 거라고 생각했어. 윤예나도 시현이가 집을 나온 걸 아니까, 급하게 나오느라 통장 생각을 할 겨를도 없었을 거라고 예상했을 거야."

민희는 시현의 가족을 만나도 될지에 대해 많은 고민을 했다. 시현이 도망친 데에는 그만한 이유가 있을 테니까. 하지만 가족이니까 사정을 잘 설명하면 시현을 위해 나서줄 거라고 생각했다.

"그런 인간들이지만 그래도 가족이잖아. 아무리 중요할 때 모르는 척을 했어도…… 어쨌든 가족이잖아. 나만 해도…… 내가 모델 일을 할 때 가족이며 친인척들이 난리를 쳐서 결국 그만둘 수밖에 없었지만, 그렇다고 해성 그룹이 완전히 잘못되는 꼴은 보기 싫거든. 그러니까 시현이 가족도 그럴 거라고 생각했지."

그래서 민희는 시현의 친모를 만나러 갔다. 시현에게 몹쓸 짓을 한 계부 쪽은 만나야겠다는 생각도 하지 않았다. 도와줄 리도 없는 데다가, 얼굴을 보자마자 주먹을 날리게 될 것 같았기 때문이다.

"시현이네 집은 시현이가 예전에 살았던 그곳에 있었어. 난 좋은 징조라고 생각했어. 어쩌면 시현이가 돌아오기를 기다리느라 이사하지 않았을지도 모른다고, 그렇게 멍청한 생각을 했지."

민희는 비릿한 미소를 짓고 그때의 일에 대해 천천히 이야기를 시작했다.

시현이 어린 시절 살았던 집은 지은 지 오래된, 그리 깨끗하지 않은 빌라였다. 민희는 오후 2시쯤에 그 집을 방문했다. 초인종을 누르자 중년 여성의 목소리가 들려왔다. 누구냐고 묻는 질문에 신문사에서 나왔다고 했더니, 시현의 모친이 문을 열고 나왔다. 사진으로 봤을 때보다 더 시현과 닮은 얼굴이었다.

시현이 나이가 들면 이런 모습이 될까, 라는 생각은 곧 지웠다. 시현이라면 이렇게 힘없이 어깨를 축 늘어뜨린 여자가 되지는 않을 것이다.

"이시현 씨 어머니 되시죠?"

민희의 입에서 시현이라는 이름이 나올 줄은 몰랐는지, 시현의 모친은 눈을 휘둥그레 뜨고 민희를 쳐다봤다.

'이 여자는 시현이가 그런 짓을 당하는데도 모르는 척했어!'

자꾸만 비집고 올라오는 생각을 간신히 억눌렀다.

"시, 시현이요?"

이번에도 모르는 척인가?

"네, 시현이요. 이시현. 그쪽 따님이요."

"나, 나는 아무것도 몰라요!"

조금은 반가워할 줄 알았다. 적어도 무슨 일이냐고 궁금해할 줄 알았다. 하지만 시현의 모친이 취한 태도는 민희의 예상을 완전히 벗어났다. 시현의 모친은 얘기하기도 싫다는 듯 문을 닫고 들어가려 했다.

민희는 닫히려는 문을 한 손으로 잡았다.

"아주머니께 뭘 따지거나 해코지를 하려고 온 게 아니에요. 따님 일로 부탁드리고 싶은 게 있어서 찾아온 거예요."

"나는 아무것도 모른다니까! 이거 놔!"

"아주머니, 진정하고 제 말 좀 들어 보세요. 따님이 걱정되지도 않으세요?"

"걘 딸도 아니야! 지 가족 버리고 도망친 애를 이제 와서 무슨…… 할 얘기 없으니까 이 문 놔!"

"걱정도 안 되세요? 어린 나이에 집 나간 딸이잖아요. 남자도 아니고, 여자애 혼자서 살면서 무슨 일을 당했을지 정말 걱정도 안 되세요?"

"딸 아니라니까! 딸 아니라고! 걔 때문에 내가 당한 걸 생각하면…… 지 혼자 살겠다고 도망친 년이 무슨 딸이야! 좀 참고 살아도 되는 걸 못 참아서 내가 얼마나…… 남들 다 참는 걸, 왜 그년은 못 참아서는……!"

울컥했다.

계부가 자신의 친딸에게 손을 댔는데 그걸 막아주지 못한 걸 미안해하기는커녕, 혼자 도망쳤다고 욕을 하고 화를 내는 시현의 모친을 뭐라고 판단해야 좋을지 알 수 없었다. 그 순간만큼은 시현과 닮은 그 여자가 금수만도 못하게 느껴졌다.

참아야 한다는 걸 알지만 더는 참을 수가 없었다.

민희는 문을 세게 잡아 열어젖혔다. 안에서 문을 당기고 있던 시현의 모친이 민희의 힘을 이기지 못하고 딸려 나왔다.

"딸이 새로 얻은 남편한테 그 짓을 당했어요. 어리고 예쁜 딸이, 아주머니 배 아파하면서 낳은 그 딸이 아주머니의 새 남편한테 그 짓을 당했어요. 그런데 지금…… 그 딸이 참았어야 한다고 말하는 거예요? 보호해 주지 못해서 미안하다고, 잘 도망쳤다고 말해도 모자랄 판인데…… 그런데 지금 저 혼자 살겠다고 도망쳤다고…… 그렇게 비난하고 있는 거예요? 내가 똑바로 들은 거 맞아요?"

민희의 목소리는 작지 않았다. 그래서 시현의 모친은 행여 그 소리를 이웃이 들을까 신경 쓰느라 정신이 없었다. 커다란 눈을 데굴데굴 굴리는 그녀의 모습에 민희는 기가 막혔다. 울면서 참회해도 모자랄 상황인데, 이웃의 시선을 더 신경 쓰는 꼴이라니.

"아주머니, 혹시 시현이…… 아주머니 친딸이 아닌 거예요? 그래서 그렇게 막 대하는 거예요?"

"조, 조용히 해! 자꾸 떠들면 신고할 거야."

"나야말로 신고하고 싶은데요. 미성년자 건드리는 거, 그거 불법인 거 알죠?"

"누, 누, 누가 미성년자를 건드렸다고 그래? 대체 나한테 왜 이래? 시현이, 그년 말만 믿고 이러는 거야? 걔가 얼마나 거짓말을 많이 하는 앤 줄 알아? 걔는 천성이 거짓말쟁이였어. 어릴 적부터 거짓말을 밥 먹듯이 했단 말이야."

"아주머니!"

"걔 아빠가 걔를 건드렸다고? 걔가 먼저 아빠를, 내 남편을 유혹했다고!"

"당신…… 정말 미친 거 아냐?"

하마터면 손이 올라갈 뻔했다. 하지만 민희는 자신의 앞에 있는 늙은 여자의 몸에 손을 대고 싶지 않았다. 그 여자를 뒤덮고 있는 더러운 무언가가 전염될 것 같아서였다.

시현의 모친은 민희가 주춤하는 순간을 타서 얼른 집 안으로 들어가 문을 걸어 잠갔다.

민희는 더 이상 시현의 모친과 얘기하고 싶지 않았다. 문 안쪽의 공간이 얼마나 어둡고 숨 막힐지 직접 경험하지 않아도 알 수 있었다. 그런 곳에서 10년을 넘게 버티고 산 시현이 존경스럽고 안타까웠다.

그 집 문이 보이는 비상구 계단으로 향했다. 이대로 돌아갈 수는 없는 노릇이었다. 시현의 동생이라도 만나고 가야겠다는 생각을 했다. 시현과 비슷하게 폭행을 당하며 자란 새울이라면 자신의 누나를 돕기 위해 발 벗고 나서 주리라 생각했다.

많은 사람들에게 지극히 평범하게만 느껴지는 일이 어떤 사람에게는 이루기 힘든 큰 꿈이고, 소망일 때가 있다. 민희는 시현의 동생을 만났을 때 그것을 실감했다.

"그런 거 있잖아, 오빠. 사람들은 위기가 닥쳤을 때나 힘들 때 가족이 도와줄 거라고 생각하잖아. 그건 너무 당연한 거라서, 그걸 소망이라든가 꿈이라든가…… 그런 식으로 표현하지 않잖아. 지극히 당연한 거니까."

거기까지 말한 민희는 입을 다물고 괜히 재떨이를 집어 들었다. 신기한 물건이라도 발견한 것처럼 꼼꼼히 살펴본 이유는, 지금부터 할 얘기가 입에 담고 싶지 않을 만큼 역겨웠기 때문이다. 그래서 될 수 있으면 명성이 자신의 속을 읽어 주길 바랐지만 명성은 잠자코 민희가 얘기하기만을 기다리고 있었다.

민희는 다시 재떨이를 내려놨다.

"시현이 동생이 왔어. 세 시간 좀 넘게 기다렸던 것 같아. 걔 동생이 집에 들어가기 전에 얼른 붙잡고, 누나 일로 왔다고 잠깐만 얘기하자고 했지. 그런데…… 똑같은 반응이었어. 아무것도 모른대. 시현이가 자기들을 버리고 도망친 게 잘못한 거래. 원래부터 그렇게 이기적이었대. 시현이가 도망치는 바람에 아빠가 화가 나서 자기랑 엄마를 무지막지하게 때리고 괴롭혔대. 시현이가 도망치는 바람에 자기가 너무 힘들어졌대. 자길 버리고 도망친 시현이를 용서할 수가 없대. 시현이처럼 가족 생각은 하나도 안 하고 자기 생각만 하는 여자는 누나도 아니래. 끔찍하대."

민희는 숨이 막혔다. 명성과 함께 있는데도 아직 그 집 앞에 서 있는 기분이 들었다.

"그래서 내가 그랬지. 네가 도와주지 않으면 너네 누나 많이 힘들어질지도 모른다고. 그랬더니 하는 말이 뭔지 알아?"

"뭔데?"

"그냥 죽어 버렸으면 좋겠대."

"……."

"시현이는 자기 동생을 늘 그 남자의 폭력으로부터 지켜줬어. 그건 거짓말이 아니야. 이웃 사람들도 그렇게 증언했으니까. 늘 누나가 동생을 보호해 줘서 누나 몸에서 상처가 떠나는 날이 없었다고, 그 어린 것이 기특하다고."

민희가 두 손으로 얼굴을 감쌌다.

"그런데 더 웃기는 게 뭔지 알아?"

"뭔데?"

"시현이 입버릇이야."

"……."

"시현이는 만날 그래. 돈 빨리 모아서 작은 빌라라도 하나 얻게 되면…… 그 집에서 동생을 데리고 나올 거라고."

"……."

"그래서 우리 동생, 아무 걱정 없이 대학도 다니고 학원도 다니게 해 줄 거라고. 자기가 하고 싶은 공부 다 하게 해 주고, 좋은 여자 만나서 결혼하게 되면 결혼 비용도 전부 대줄 거라고……."

"……."

"걔가 꿈꾸듯이 그렇게 말하던 게 생각나서…… 하마터면 하더라고. 안 그래도 누구한테든 얘기하고 싶었다면서. 거기서부터 녹음하겠다고 말하고 녹음하기 시작했어. 요약해서 말하자면…… 시현이는 아무래도…… 자기한테 벌어진 일을 정확하게 알고 있는 것 같지가 않아."

명성이 허리를 깊이 숙이며 민희에게 다가앉았다.

"그게 무슨 말이야?"

"시현이가 나한테 얘기해 준 건 어릴 적에 걔 새 아빠가 시현이랑 동생을 때렸고, 그래서 시현이가 동생을 보호하고 대신 맞아주고, 엄마는 모르는 척하고…… 그러다가 시현이가 여성스러워진 후에 보는 눈빛이 달라져서 시현이를 더듬기 시작했다는 거였거든."

"근데?"

명성의 표정이 굳어졌고 민희는 차갑게 웃었다.

"오빤 이미 짐작했겠지. 시현이 계부가 시현이가 더 어릴 때부터 그 짓을 시도했다는 걸."

명성이 고개를 끄덕였다.

"근데 그게 끝이 아니야."

"그럼?"

"나한테 얘기해 준 그 여자가 그걸 봤대. 창문이 열려 있어 그 새끼 앞에서 울 뻔했어. 자기 누나가 죽었으면 좋겠다고, 일말의 애정도 없이 말하는 그 새끼 앞에서…… 내가 울 뻔했다고."

민희는 한참 동안 두 손으로 얼굴을 가린 채 가만히 있었다. 명성은 민희를 재촉하지 않았다. 무거운 공기가 사장실 안에 들어찼다. 명성도, 민희도 호흡하는 것이 힘들었다. 공기가 너무 끈적거렸다.

이윽고 민희가 두 손을 떼어냈다. 눈이 붉게 충혈되어 있었다.

"내가 어디에 서 있는 건지 모르겠더라. 걔 동생이 집에 들어가는데 잡지도 못했어. 그냥 멍했던 것 같아. 그러다가 누가 불러서 정신을 차렸는데, 아마 이웃 사람이었던 것 같아. 나보다 몇 살 많아 보이는 여자였어. 그 여자가 혹시 시현이 일로 찾아온 거냐고 물어보는 거야. 창문으로 소리 들었다고. 그래서 맞다고 했더니 시현이 잘 지내냐고, 안 그래도 되게 걱정됐다고 그러더라고. 시현이가 저 집에서 도망친 거 정말 잘한 거라면서."

"그래서?"

"잘 지낸다고, 무슨 일이 있었던 거냐고 했더니 열심히 얘기서."

"……뭘?"

"걔 동생이 계부한테 가서 말해 주는 거. 누나가 자고 있어요."

"…….."

"자기가 안 맞으려고 계부한테 기회를 준 거지. 계부가 자기 누나한테 뭔가를 하려고 한다는 걸 알고 말이야. 시현이는 그 빌어먹을 것도 자기 동생이랍시고 지켜줬던 거고."

"하……."

"하여간 그 이웃 여자가 오며 가며 가끔 그런 장면을 목격했나 봐. 그걸 보고 나서 일단 경찰에 신고를 했는데, 경찰에서는 어린 여자애 신고라서 진지하게 받아들여 주질 않았대. 그래서 자기 부모한테 얘기했더니 남의 집안일에 신경 끄고 어디 가서 그런 소리 하지도 말라고, 남들한테 무슨 얘기 듣게 될지 모르니까 입조심하라고 엄청 혼냈대. 그래서 그냥 모르는 척하고 있었나 봐."

"다들 미쳤군."

명성이 고개를 뒤로 젖혔다.

"응, 다들 미쳤지. 어린애가 그런 짓을 당하고 있는데 다들

나 몰라라 하고……."

침묵이 내려앉았다.

둘은 어린 시현이 경험했을 일에 대해 떠올렸다. 학대를 당하고 가출을 꿈꾼 어린 시현과 어떤 일이 있어도 좋은 쪽으로 생각하며 웃으려고 하는 지금의 시현이 겹쳐졌다. 그래서 더 슬펐다. 트라우마가 되기에 충분한 일을 경험했으면서도 사심 없이 웃을 수 있는 건, 시현이 그만큼 노력했다는 증거였다. 아마도 수없이 마인드컨트롤을 했을 것이다. 웃어야 돼. 울면 안 돼. 쓰러지면 안 돼.

"내가 걱정되는 건, 시현이가 자기 동생을 철석같이 믿고 있다는 거야. 자기 동생이 자기한테 무슨 짓을 했는지 알게 되면…… 시현이는 무너질 거야. 걔가 믿을 수 있는 단 하나였으니까. 시현이는 자기 동생을 구해낼 생각에 지금까지 노력한 걸 테니까."

"윤예나가 그 일에 대해 알아냈을까?"

"그걸 모르겠어."

민희의 표정이 어두워졌다. 아니, 아까부터 어두웠던 얼굴 위에 짙은 밤과도 같은 장막이 드리워졌다.

"정말 모르겠어. 하지만 알게 되면 분명 그 사실을 이용할 거야. 생각 같아서는…… 그 가족이란 것들을 싹 다 없애버리고 싶어."

"그럼 없애면 되지."

명성이 차갑게 말했다. 민희가 고개를 번쩍 들어 명성을 쳐다봤다. 베일 듯 차게 얼어붙은 명성의 눈동자는 민희를 향해 있었지만, 민희를 보고 있진 않았다. 아마도 이곳에는 없는, 시현의 가족을 향해 있는 것이리라.

"아주 없애버리는 게 우리한테는 더 편하겠지만…… 아주 없애버리는 건 안 되겠지."

"어쩔 셈이야?"

"팔아넘길까? 다시는 육지를 못 밟을 곳에?"

"그것도 괜찮지."

명성과 민희가 짧게나마 웃었다. 즐거움이라고는 조금도 담겨 있지 않은 허망한 웃음이었다.

"하지만 그럴 순 없지. 일단 계부 쪽은 어린애를 좋아하는 것 같으니까 파 보면 나오는 게 있을 거야. 설령 없다고 해도 만들어서 잡아넣으면 돼. 아버지 힘 좀 빌리면 평생을 감옥에서 썩게 만들 수 있으니까."

"엄마랑 동생 쪽은?"

"돈 좀 써야지. 돈만 주면 될 것 같은 부류니까. 일단 윤예나가 찾아와서 통장을 받아갔다는 증언을 받아 놓고, 돈 좀 쥐어 줘서 시현 씨가 찾지 못할 곳으로 보내버리자."

잠시 생각하던 민희가 고개를 끄덕였다.

"그래, 시현이가 무너지지 않는 게 중요하니까."

3

대영은 눈을 부릅뜨고 자신의 부인을 바라봤다. 예나가 들려준 이야기는 차라리 꾸민 이야기였으면 좋겠다는 생각이 들 만큼 지독했다.

예나는 모든 게 자기 뜻대로 돌아가서인지 기분이 좋아 보였다. 그 기분에 취해 시현에 대해 알아낸 사실들을 떠들어댄 것이리라.

'그 여자가 그런 짓을 당하면서 컸다고?'

도저히 믿어지지 않았다. 폭행을 당하면서 컸다고 하기에는 시현의 태도가 너무 당당했다.

계부의 폭행, 그걸 알면서도 모르는 척한 친모.

친부가 친딸에게 손대는 일이 비일비재한 세상이지만 역시 자기 주위에 그런 일을 경험한 사람이 있다는 건 충격이었다. 게다가 시현은 정말이지, 그렇게 자랐을 것처럼 보이지 않았다.

'그래서 그렇게 성희롱이 안 좋은 거라고 주장했던 건가? 그런 일을 당해서?'

시현은 이상한 여자였다.

처음에는 시현이 그저 싫었다. 가진 것도 없는 주제에 자신에게 창피를 주고 로운으로 도망친 여자라는 생각밖에 안 들었다. 그 건방진 콧대를 눌러줘야겠다고 생각했다.

하지만 만나면 만날수록 시현은 이상했다. 대영이 시현을 싫어하는 것보다, 시현이 대영을 더 싫어해야 하는 게 옳았다. 경멸하고 끔찍하게 여겨야만 했다. 하지만 시현과 대면을 하면 이 여자가 정말로 자신을 싫어하는 건지 의문이 생기곤 했다.

시현은 대놓고 '아저씨가 싫어요. 아저씨는 나쁜 놈이에요.'라고 말했지만, 그 행동이 너무 거침없어서인지 친근한 느낌마저 들었다. 지난번 촬영장에서 시현이 '정말 부부 맞아요?'라고 물었을 때는, '나도 그게 궁금해.'라고 속마음을 털어놓을 뻔했다.

"아무튼 이시현은 이걸로 끝날 거야. 그렇게 자란 주제에 감히 해성 그룹의 며느리 자리를 넘보다니…… 주제도 모르고."

예나는 벌써부터 승리의 미소를 짓고 있었다. 대영은 묻고 싶었다.

'우린 정말 부부인 걸까?'

답은 알고 있었다. 사실은 처음부터 알았다. 결혼식을 올리던 그날에도.

언제부터 예나를 사랑하게 되었는지는 모르겠다. 어릴 적에 준성의 집에 놀러 갔다가 예나를 처음 만났다. 예나는 대영이 아는 또래의 여자애들과 달랐다. 그 다른 면 때문에 자꾸만 시선이 갔고 정신을 차리고 나면 어느새 예나를 바라보고 있었다. 부드럽고 성숙한 예나에게 동경을 넘어 경외심마저 가지고 있었던 것 같다.

아주 많이 좋아하게 되었다고, 사랑한다고 고백했던 날, 예나는 준성을 사랑하고 있다고, 용기 내서 고백해 줬는데 그 마음에 보답하지 못해서 미안하다고 사과했다. 그리고 몇 개월 후, 예나와 준성이 사귀게 되었다.

예나를 사랑한 만큼 준성도 사랑했기에 두 사람의 행복을 진심으로 바랐다. 준성의 옆에서 행복한 듯 웃는 예나를 보면 가슴이 아픈 한편으로는 잘됐다는 생각이 들었다. 둘은 아주 잘 어울렸고, 때때로 둘의 모습이 한 폭의 그림처럼 보일 때도 있었다. 예쁘게 채색된, 평화로운 한때를 담은 그림.

두 사람이 그렇게 그림처럼 평생을 함께하기를 바랐다.

준성이 오빠는 날 사랑하지 않는 것 같아.

어느 날부터인가, 둘만 있게 되면 예나가 입버릇처럼 그렇게 말하기 시작했다. 그럴 리 없다고, 표현을 안 해서 그렇지 분명히 사랑할 거라고 말하면, 예나는 '정말 그럴까? 그랬으면 좋겠어.'라며 슬픈 미소를 지었다.

대영은 준성이 예나를 사랑한다고 믿었지만 예나의 푸념이 반복되자 정말 준성이 예나에게 관심 없는 것처럼 보이기 시작했다.

지금에 와서 생각해 보면 준성이 자신을 사랑하지 않는다는 예나의 말은 대영을 이용하기 위한 포석일 뿐이었다. 예나는 대영이 여전히 자신을 사랑한다는 걸 알고 있었던 것이다. 두 눈이 멀고 귀가 들리지 않을 만큼 절실히 사랑한다는 걸 예나는 알고 있었고, 언젠가 그것을 이용할 날이 올지도 모른다고 생각했던 것이다.

때문에 대영은 예나가 울면서 찾아온 그날 밤, 예나를 받아 줄 수밖에 없었다.

죽으려고.

준성이 자신을 조금도 사랑하지 않는다며 확신하듯 말한 그 날, 대영과 헤어지기 전 예나는 부서질 것 같은 모습으로 중얼 거렸다.

내 인생은 전부 준성 오빠로만 이루어져 있었거든. 준성이 오빠가 날 사랑하지 않으면 살 이유가 없어. 그래서 죽으려 고.

충동적으로 예나를 끌어안은 건 아니었다. 언제나 그렇게 예나를 안아주고 싶었다. 언제나 자신의 손으로 예나를 행복 하게 해 주고 싶었다. 그래서 대영은 당장에라도 멀리 떠날 것 만 같은 예나를 안아줄 수밖에 없었다.

죽지 마. 내가 행복하게 해 줄게. 죽지 마, 예나야.

너를 늘 사랑했다고, 단 한 순간도 사랑하지 않은 적이 없다고 말하는 대영의 품에서 예나는 조금 울었다. 예나의 얼굴이 닿은 가슴이 촉촉이 젖어드는 게 느껴질 때쯤, 예나가 대영을 올려다보며 물었다.

그럼 우리 결혼할까? 나도 오빠랑 있으면 행복해질 수 있을 것 같거든.

그때는 예나의 말이 진심이라고 믿었다. 아니, 그렇게 믿고 싶었던 것일지도 모르겠다. 비록 예나가 준성을 사랑하기는 하지만, 노력하면 언젠가는 예나가 자신을 돌아봐 줄 거라고 대영은 생각했다.
하지만 그건 착각이었다.
예나는 대영을 사랑할 생각이 없었다. 이용할 생각만 있었을 뿐.
누구도 사랑할 수 없는 사람은 준성이 아닌 예나였다.

처음에는 예나에게 잘했다. 친구까지 배신하고 선택한 사랑이니 이 한평생을 걸고라도 예나를 행복하게 해 주리라고 결심했다. 예나의 시선이 여전히 준성에게 머문다는 것을 알지만, 그래도 노력하고 또 노력했다.

두 사람의 배신에 분노한 준성이 달려드는 것도 이해했다. 만약 준성이 자신의 배에 칼을 꽂더라도 대영은 준성을 원망하지 않을 자신이 있었다. 잘못한 쪽은 대영이었으니까. 오히려 준성이 기를 쓰고 대영을 망하게 하려는 모습을 보면 미안함이 더 컸다.

친구를 잃은 슬픔과 죄책감에 잠 못 드는 날이 늘어 갔다. 그래도 견딜 수 있었던 이유는, 언젠가는 예나의 사랑을 받을 수 있을 거란 믿음 때문이었다.

하지만 예나는 조금도 노력하지 않았다. 아니, 예나가 오히려 준성의 분노를 즐기고 있다는 걸 뒤늦게 깨달았다.

처음에는 예나와 대화를 시도했다. 조금이라도 노력해달라고, 준성을 사랑하는 건 알지만, 내가 준성보다 못한 건 알지만, 그래도 조금은 이쪽을 보려고 노력해달라고 애원했다. 하지만 돌아오는 건 예나의 조소뿐이었다.

바보. 난 자기 부인이잖아. 뭐가 그렇게 불안해? 준성 씨에 대한 열등감 때문이야? 열등감 심한 남자, 정말 별로인데.

그래도 대영은 예나의 마음을 얻기 위해 노력했고, 그러면 그럴수록 예나가 왜 자신을 선택했는지를 절실히 깨달을 수 있게 되었다. 예나의 시선을 준성이 아닌 자신에게로 돌리기 위해 모든 방법을 동원했고, 급기야 다른 여자들에게 집적거리는 짓까지 감행했다. 그래도 남편이 다른 여자를 만난다는 걸 알면 아주 조금은 질투를 할 거라고 생각했기 때문이었다.

여자가 궁했니? 그럼 말하지 그랬어? 그런 싸구려 말고 더 품질 좋은 여자를 소개시켜 줄 수도 있는데.

아마도 완전히 무너진 건 그때였던 것 같다.
갈기갈기 찢긴 마음을 어떻게든 위로받고 싶었지만 대영의 곁에는 아무도 없었다. 대영은 자신이 망가져 가는 걸 알고 있었지만 그렇게라도 하지 않으면 자신의 어리석음을 탓하며 미쳐버릴 것 같았기에 정신을 차리려는 노력을 하지 않았다.
과거의 성대영이 아닌, 망가진 성대영으로 살면 차라리 마음이 편했다. 난 원래 이런 놈이야, 원래 쓰레기였어, 원래 구제불능이었지, 부인이 날 안 좋아하는 것도 이해가 돼, 그렇고 그런 놈이니까. 그런 생각들을 하며 예나를 나쁜 쪽으로 생각하지 않기 위해 노력했다. 그날 밤, 자신의 선택을 원망하고 후회하지 않으려고 애썼다.

정말 부부 맞아요?

그날, 시현의 찌르는 듯한 시선에 뺨을 얻어맞은 기분이 들었다.
'아니, 우린 부부가 아니야. 같은 집에 살면서 같은 침대를 사용한다고 다 부부인 건 아니더라고.'
그런 말을 했더라면 그 여자는 어떤 대답을 해 주었을까?
"재미있는 게 뭔지 알아?"
대영은 고개를 들어 예나를 쳐다봤다. 함께 있어도 한 공간에 있지 않은 듯한 느낌을 받게 된 게 언제부터였는지 모르겠다. 아마도 처음부터였겠지.
"그 여자, 계부 손에서 자기 동생을 지키려고 꽤 애쓴 모양이야. 근데 그 동생이라는 애도 지 엄마랑 똑같더라고. 걔네 계부가 그러는데, 걔 동생이 자기 한 몸 건사하겠다고 자기 누나를 계부 손에 넘겼대."

시현의 계부에게 들은 이야기를 즐겁다는 듯 말하는 여자가 자신이 사랑했던 그 여자가 맞는지 의심스러웠다. 그래, 다 이해할 수 있었다. 예나가 광기에 젖은 사람처럼 준성에게 집착하는 것도, 그래서 시현을 질투하는 것도, 대영을 이용하는 것도 전부 이해할 수 있었다.

하지만 이건 아니다. 아무리 시현이 싫어도, 설령 시현에게 수모를 당했다고 해도 이런 얘기를 즐겁다는 듯이 말해서는 안 됐다. 이건 한 어린 소녀가 아무것도 모르는 나이에 짐승 같은 남성에게 폭행을 당했다는 끔찍한 이야기다. 그런 얘기는 절대로 웃으면서 해서는 안 된다. 하물며 그걸 이용할 생각은 꿈에서도 해서는 안 된다.

"이시현은 자기 동생이 그런 줄은 꿈에도 모르고 있을 거야. 계부가 그러더라고. 지 팔아넘긴 동생인데도 내 동생 때리지 마요, 내 동생은 용서해 주세요, 그러면서 자기가 대신 맞았다고. 아마 동생이 그랬다는 걸 알게 되면, 이시현…… 그걸로 끝이야."

대영은 모르는 여자를 보듯 자신의 부인을 바라봤다.

"예나야…… 그건 정말 아니야."

"자기, 자기는 그냥 있어. 조금만 있으면 끝나."

"끝나는 게 어떤 건데? 준성이 옆에서 이시현을 떼어 놓으면 끝나는 거야?"

"그래, 그러면 끝나는 거야."

"대체 왜! 네 남편은 나잖아!"

대영이 언성을 높였지만 예나는 조금도 겁에 질린 기색이 아니었다. 예나는 대영을 향해 부드럽게 웃으며 말했다.

"물론 내 남편은 자기야. 하지만 차준성은 내가 갖지 못한 보석이야. 그 보석을 다른 여자가 탐내는 건 용서할 수 없어."

1

당분간 살게 될 아파트는 준성의 집 근처에 있었다. 정후는,

"시현 씨에게 무슨 일이 생기면 바로 달려가야 한다고 하시더라고요. 우리 사장님, 의외로 열정적이라니까요."

라며 웃었다. 정후의 미소는 여전히 상큼했기에 시현은 조금쯤 기분이 가벼워지는 걸 느꼈다.

"일단 필요한 것들은 준비해놨습니다만, 혹시 모자라는 게 있으면 사장님 카드로 긁으세요."

정후가 돌아간 후 시현은 소파에 앉았다. 준성은 이미 소파에서 시현을 기다리고 있었다. 그의 옆에 앉아 멍하니 허공을 응시했다. 준성이 지금 무슨 생각을 하고 있을지 궁금했다.

몸을 옆으로 기울여 준성의 어깨에 머리를 기댔다. 준성은 조심스레 팔을 올려 시현의 어깨를 감싸주었다. 준성의 가슴에 얼굴을 묻다시피 한 자세로 시현은 가만히 있었다. 부드럽게 번지는 그의 향기가 좋았다.

꼬물꼬물 움직여 준성의 허리에 팔을 감았다. 준성은 커다란 곰 인형처럼 시현이 하는 대로 가만히 있었다. 시현은 그의 허리를 만지다가 배를 만지다가, 그의 배 위에 손을 얹은 채로 눈을 감았다.

"사장님, 배가 꾸루룩거려요."

"배고파."

"밥 먹을까요?"

"아니. 그냥 이러고 있자."

"응, 그럼 이러고 있어요."

가슴 위로 떨어진 커다란 돌은 점점 더 그 무게를 더해 갔다. 사태가 점점 심각해지는데 답을 찾을 수 없다는 괴로움과 아는 얼굴을 마주하게 될지도 모른다는 불안감. 공기에 불순물이 섞인 듯, 호흡하는 게 힘들었다.

"졸려요."

"자."

"사장님은요?"

"여기 있을게."

"불편하지 않으세요?"

"괜찮아."

준성이 자신의 허벅지를 툭툭 쳤다. 베고 누우라는 뜻이었다. 시현이 준성의 뜻에 따라 허벅지를 베고 눕자 준성이 시현의 머리를 쓰다듬었다. 이마와 머리카락을 섬세하게 만지는 그의 손길은 깨지기 쉬운 유리잔을 만지듯 조심스러웠다. 시현을 만질 때마다 한없이 조심스러워지고 진지해지는 그의 손길이 좋았다.

"자네가 일어나면 내가 있을 거야."

달래듯 말하는 그의 음성은 음악 같았다.

"그러니까 안심하고 자."

2

시현의 계부 문제는 민희와 명성이 손을 쓰기도 전에 해결되었다. 아동성애자라는 누군가의 고발에 의해 경찰에 잡혀가 버린 것이다. 경찰 쪽에 알아봤더니 한두 건이 아니라 여러 건으로 고발되었고, 죄질이 무거워서 아무리 좋은 변호사를 구해도 몇십 년은 교도소에서 썩어야 할 거라고 했다.

문제는 시현의 친모와 동생이었다.

민희는 캐나다에 두 사람이 살 수 있는 환경을 준비해 두고 둘을 만나러 갔다. 계부의 일로 두 사람은 정신이 없는 듯했지만 민희는 동정심조차 가질 수 없었다. 마음 같아서는 둘 역시 없는 죄를 덮어씌워 어디든 집어넣어 버리고 싶었다. 시현이 겪은 것과 똑같은 고통을 그들도 느꼈으면 했다.

하지만 그럴 순 없었다. 만에 하나, 그들이 괴로움을 견디다 못해 시현에게 연락할 경우의 수를 없애야 했다. 이 두 사람의 인품을 생각하면 일주일도 못 견디고 시현에게 도움을 청할 것이 뻔했다.

민희는 그들에게 캐나다에 살 집을 마련해 두고 정착 비용과 새울의 대학 등록금까지 준비했다고 말했다. 그 말을 듣는 그들은 당황스럽다기보다는 기쁜 것처럼 보였다. 민희는 '얼른 성공해서 새울이 데리고 나오고 싶어.'라고 말할 때의 시현의 얼굴을 지우려고 애쓰며 말했다.

"조건이 있어. 당신들, 시현이 앞에 나타나지 마. 캐나다에서 어떻게 지지고 볶으면서 살든 상관 안 할 건데, 만에 하나라도 시현이 앞에 나타나면 내가 가진 모든 힘을 동원해서 원래부터 세상에 없는 존재로 만들어버릴 거야. 난 그럴 힘이 있거든."

그들은 알겠다고 했다. 어차피 상관없는 사람이라고, 앞으로 연락할 생각 없었다고 그들은 잠깐도 고민하지 않고 대답했다.

"캐나다 도착하는 대로 사진을 찍어서 이쪽 메일로 보내줘. 시현이한테는 당신들이 로또에 당첨돼서 행복하게 살고 있다고 해둘 테니까."

"네, 그럴게요."

캐나다에서 대학을 다닐 수 있다는 생각에 기뻐 보이는 새울의 얼굴을 보며 민희는 진저리를 쳤다.

'어떻게 이런 걸, 시현이는 그렇게나……'

또다시 시현의 얼굴이 떠올랐다. 새울에 대해 이야기하며 우리는 정말 닮았다고, 특히 코가 완전히 똑같이 생겼다고 즐거운 듯 말하던 그녀의 모습이 그려져 하마터면 또 울 뻔했다.

용건만 말하고 떠날 생각이었는데 도무지 그럴 수가 없었다. 민희는 새울을 차갑게 노려봤다. 시현과 얼굴만 닮은 새울은 민희의 시선에 찔끔하며 눈을 피했다.

시현에게 말해 주고 싶었다.

네 동생은 너랑 하나도 안 닮았어. 걔는 내 눈조차 똑바로 못 보는 애야. 넌 그런 한심한 애가 아니잖아. 너는 이런 집안에서 자랐어도 나를 똑바로 보잖아. 한심하게 어깨를 움츠리지 않잖아.

"한 소녀가 있었어. 그 소녀는 어린 나이에 아빠를 잃고 엄마랑 동생이랑 살았는데, 어느 날 엄마가 재혼을 해서 새아빠를 데리고 왔어."

새울은 여전히 눈을 돌리고 있었다. 민희는 새울이 듣고 있는지 알 수 없었지만 계속해서 말했다.

"새아빠는 나쁜 놈이었어. 애들을 때렸지. 그 소녀도, 소녀의 동생도. 하지만 엄마라는 사람은 자기 친딸과 친아들이 폭행을 당하는데도 모르는 척했어. 그래서 그 소녀는 자기 동생을 자기가 지켜야 한다고 생각한 거야. 똑같이 작은 몸이고, 똑같이 어린 나이인데 그 소녀는 동생 대신 맞았고 동생 대신 당했어. 그런데 그 동생이란 놈은 자기 한 몸 편하자고 누나를 새아빠에게 팔아넘겼지."

새울의 눈동자가 흔들렸다.

"소녀는 커서 사춘기가 됐어. 새아빠는 소녀의 몸에 손을 대려고 했고, 소녀는 자신이 도망칠 수밖에 없다는 걸 깨달았어. 계속 있으면 언젠가는 정말로 당할지도 모르니까. 그래서 도망쳤어. 어린 나이에 도망친 소녀는 잠잘 곳이 없어서 노숙을 했고, 간신히 일할 곳을 찾아서 잠도 못 자고 일을 했어. 그런 상황인데도 공부까지 해서 대학엘 갔지. 그 소녀가 왜 그렇게까지 할 수 있었을까?"

새울의 눈동자가 민희를 향했다.

"그 소녀한테는 꿈이 있었거든. 자기 동생을 그 지옥 같은 곳에서 구출해 줄 거라는 꿈."

"……."

"자기는 노숙을 하면서 일을 하고 간신히 대학에 들어갔지만…… 동생만큼은 공부하고 싶은 걸 다 공부시켜 주겠다는 꿈. 그 꿈 때문에 그 소녀는 그렇게 살 수 있었던 거야."

새울의 얼굴이 아래로 떨어졌다.

"당신들이 욕하는 시현이는 자기 한 몸 잘살자고 밥 굶으면서 노력한 게 아니야. 불쌍한 내 동생 지켜 주겠다고, 불쌍한 내 동생 편하게 살게 해 주겠다고 노력을 한 거지."

시현의 친모는 민희 쪽을 쳐다보지 않았다. 자기는 전혀 모르는 일이라는 듯이. 기대하지도 않았기에 쓴웃음조차 나오지 않았다.

"어릴 적에 만화를 보면 악역과 주인공이 있어. 시현이는 주인공이야. 걘 자기 인생을 자기가 만들거든. 그런데 넌 뭔지 알아?"

새울은 대답하지 않았다.

"걱정 마. 악역은 아니니까."

새울이 고개를 번쩍 들어 민희를 쳐다봤다.

"악역은 어쨌든, 자기를 위해서든 뭐든 목적이 있거든. 그게 다만 주인공이랑 상반되는 목적일 뿐이지. 그런데 넌 그냥 비열한 배신자야. 줏대 없이 이리저리 흔들리면서 악역에게도, 주인공에게도 인정받지 못하는 배신자."

"……."

"평생 그렇게 살아라. 주인공을 원망하면서. 그게 너한테, 그리고 네 엄마한테 잘 어울리니까."

3

시현은 모니터를 노려봤다. 대형 모니터에 뜬 글자가 어지러이 시현의 시야 안으로 들어왔다. 모니터 화면을 가득 채운 그것의 의미를 도무지 이해할 수가 없었다.

준성이 마련해 준 집에 들어온 지 2주가 흘렀다. R 클럽 꽃뱀 사건은 차츰 다른 엽기적인 기사들에 의해 관심을 잃고 있었다. 사건 사고 많은 세상에서 어느 결혼 정보 회사의 꽃뱀 행각이 몇 주 동안 이슈가 된 것만으로도 대단한 것이었다.

아마 윤예나도 이 부분은 예상하고 있었을 것이다.

'윤예나는 그 일로 날 어떻게 하려는 생각은 없었을 거야. 내가 겁을 먹고 사장님 곁을 떠나기를 바란 거겠지.'

예나가 다시 이 일을 이슈화시킬 가능성은 거의 없었다.

사건은 완전히 조작된 것이었고, 조작된 사건을 길게 끌어봐야 예나에게 좋을 건 없었다. 안 그래도 로운은 이 일이 조작이라는 증거를 전부 확보해놓았다. 그런 상황에서 다시 한 번 이슈가 된다면 모든 게 조작이었다는 게 확실하게 밝혀지면서 그걸 조작한 사람이 누구인지로 관심이 옮겨갈 일이었다. 예나로선 이쯤에서 꽃뱀 사건이 사람들 기억에서 잊히는 편이 좋았다.

문제는 시현이 여전히 준성의 곁에 남아 있다는 것이었다. 시현은 예나가 또 어떤 방식으로 공격해 올지가 걱정이 됐다. 예나의 공격은 시현뿐만이 아니라, 시현의 주변 사람들까지도 상처를 입혔다. 특히 희영은 이번 일로 큰 상처를 입어서 잠시 도망치고 싶다며 한국을 떠났다.

따지고 보면 시현의 잘못도 아닌데 시현은 죄책감이 들었다. 그저 희영과 여훈이 행복하게 사는 모습을 보고 싶었을 뿐인데, 그저 사람과 사람이 만나 평범하게 사랑을 하고 평범한 행복을 누리는 것을 보고 싶었을 뿐인데.

슬슬 회사에 다시 나가도 될지 고민을 하고 있을 때, 그 메일이 왔다.

[누나, 나야.]

라는 제목의 메일을 클릭해서 읽는 순간, 시현은 모니터를 노려볼 수밖에 없었다.

'어떻게?'

가장 먼저 든 생각이었다.

'도대체 어떻게?'

새울이 보낸 메일이었다.

메일에는 몇 장의 사진이 첨부되어 있었다. 이국적인 배경의 부러울 정도로 예쁜 2층 단독 주택 앞에서 새울과 어머니가 웃으며 찍은 사진. 깨끗한 집 안에서 커피를 마시고 있는 사진. 누가 봐도 행복한 모자로 보이는 두 사람의 사진이었다.

누나, 나야. 새울이.
정말 오랜만에 누나에게 연락을 하는 것 같아. 그동안 잘 지냈어?
누나가 그렇게 집을 나간 후에 누나를 많이 찾았어. 혼자서 살기 힘들었을 텐데 잘 지내고 있을지 걱정이야.
얼마 전에 그 남자가 경찰에 잡혀갔어. 미성년자를 상대로 성추행을 했던 모양이야. 그것도 한둘이 아닌가 봐. 그것 때문에 재판을 받고 있는 것 같아.
엄마랑 나는 살 길이 궁해졌는데, 운이 좋게도 로또에 당첨이 됐어. 평생을 과소비하면서 살아도 다 못 쓸 만큼 많은 돈이야.
엄마는 과거를 잊고 싶다고, 떠나고 싶다고 했고 그래서 우리는 외국으로 나오게 됐어. 난 다음 학기부터 여기서 대학을 다니게 돼. 여러 가지 공부를 할 수 있게 되어서

기쁘기도 하고, 긴장이 되기도 해.

누나, 우리는 잘 지내고 있으니까 누나도 잘 지냈으면 좋겠어. 언젠가 다시 만날 수 있으면 좋겠다. 잘 지내, 누나.

계부의 철창행, 로또 당첨.

믿기 어려운 두 사건보다 더 믿을 수 없는 건, 바로 메일 그 자체였다.

'도대체 어떻게?'

시현은 몇 번이고 메일을 확인했다. 혹시 자신이 잘못 본 게 아닌가 싶어서. 혹시 자신이 다른 아이디로 로그인한 게 아닌가 싶어서.

하지만 시현의 개인 메일이 맞았다. 그래서 의문이 사라지지 않았다.

'도대체 새울이가 내 메일 주소를 어떻게 안 거지?'

덜컹, 하는 소리가 들렸다. 그건 아마도 심장에서 난 소리이리라. 두려움에 심장이 아래로 떨어졌다.

'새울이는 내 메일 주소를 몰라.'

그 집에 있을 때는 인터넷을 할 만한 환경이 아니었다. 학교

수업 시간에 만들어둔 메일 주소는 선생님만 알고 있었고 사용한 적도 없었다. 이제는 그 메일 주소가 기억이 나지도 않는다.

지금 쓰는 메일은 대학에 들어온 후에야 만든 메일이었다. 새울이 이 메일 주소를 알 리가 없다. 이 메일 주소는 로운 클럽 홈페이지에도 기록되어 있지 않으니까. 지극히 개인적으로만 사용하는 메일 주소. 이 주소를 아는 사람은 딱 여섯 명뿐이다.

준성, 정후, 명성, 민희, 영호, 유리.

그런데 새울에게 메일이 왔다. 이 메일 주소를 아는 것이 지극히 당연하다는 듯.

두려울 수밖에 없었다. 사진 속의 두 사람은 행복해 보였지만 저런 모습쯤 억지로 꾸미려면 얼마든지 꾸밀 수 있었다. 누군가의 협박에 의해 미소를 짓는 것일지도 모른다는 생각에 가슴이 죄었다.

'윤예나인가?'

예나가 두 사람이 사는 곳을 알아내서 둘을 협박했을지도 몰랐다.

'이게 두 번째 공격 방법인가?'

예나라면 시현의 약점을 쉽게 알아냈을 것이다. 어쩌면 대학 시절의 친구들을 만나 시현의 과거에 대해 캐물었을지도 모른다. 다른 사람들은 아무도 모르지만 유리라면 예나에게 모든 것을 말해 줬을 가능성이 있다.

에어컨을 틀어 놓지도 않았는데 손이 시렸다. 시현은 자신이 떨고 있다는 것을 깨달았다. 한 손으로 다른 손을 감싸보았지만 차게 식은 손은 따뜻해질 기미가 없었다.

준성이 그리웠다. 오늘 아침에도 잠깐 만났는데, 오랫동안 못 본 것처럼 그가 그리웠다. 그가 아주 멀리 있는 것 같은 기분이 들었다. 그가 마련해 준 이 공간이, 그의 집과 비슷하게 꾸며놓은 이 집이 사실은 아무것도 없는 을씨년스러운 폐가처럼 느껴졌다.

'아니야, 어쩌면······.'

또 다른 생각 하나가 시현의 뇌리를 스쳤다. 시현은 휴대폰으로 뻗었던 손을 거두고 다시 메일을 읽었다.

새울은 '잘 지내고 있다'고 썼다.

'윤예나가 내 가족이 잘 지내고 있다는 걸 어필할 이유가 있나? 차라리 내가 사장님 옆에 있다는 이유로, 내 가족이 괴롭힘을 당하고 있다는 걸 알리는 게 날 공격하기 더 쉬울 텐데.'

이런 시기에 기다렸다는 듯 전해진 메일의 의미를 파악하기 힘들었다. 고민하는 시현의 귀에 휴대폰 벨 소리가 들렸다. 준성일 거라고 생각했다. 이 시간쯤이면 준성이 전화를 거니까.

하지만 액정에 뜬 번호는 준성의 번호가 아니었다. 전혀 모르는 번호였다. 혹시 아직도 꽃뱀 사건을 취재하는 기자들이 번호를 알아내서 전화를 건 게 아닐까 싶어서 전화를 받지 않았다. 한참 울리던 벨 소리가 멈췄다.

방음이 잘되는 집은 갑자기 울리던 벨 소리가 멈추자 더 고요하게 느껴졌다. 시현은 부르르 떨며 두 팔로 몸을 감쌌다.

다시 벨 소리가 울렸다. 조금 전과 같은 번호였다. 이번에도 시현은 받지 않았고 벨 소리가 멈추자마자 휴대폰을 무음으로 바꿨다. 벨 소리가 울리다가 멈췄을 때의 그 고요함이 견디기 힘들었다.

자꾸만 불길한 생각이 들었다.

'어쩌면 새울이가 내 메일 주소를 알게 된 걸지도 몰라. 그래, 그럴지도 모르지. 진짜로 로또 당첨이 돼서 행복하게 살고 있는 걸 수도 있어. 외국에서 대학도 다니고…… 그거 정말 잘된 거잖아.'

좋은 쪽으로 생각해 보려고 했지만 잘되지 않았다. 몇 가지 좋은 생각을 해 보지만 이성은 그것이 만들어낸 변명일 뿐이라는 걸 알고 있었다.

준성이 필요했다. 시현은 휴대폰을 잡았다. 하지만 섣불리 전화를 걸지 못한 이유는, 새울이 보낸 메일에 준성이 개입되어 있을지도 모른다는 생각 때문이었다. 준성에게 무엇을 어떻게 말해야 할지 시현은 알 수 없었다.

일단 따뜻한 차를 한 잔 마시며 생각을 정리해야겠다. 시현이 일어나 커피포트에 물을 담고 있을 때 초인종이 울렸다.

당연히 준성이나 정후, 혹은 민희일 거라고 생각하고 아무 생각 없이 문을 연 시현은 그 앞에 서 있는 예나를 발견하고 그대로 굳어 버렸다.

"전화는 왜 안 받아요?"

예나는 승리감에 찬 미소를 짓고 있었다.

"할 얘기가 있어서 왔어요. 좀 들어갈게요."

시현은 들어오는 예나를 막을 수 없었다.

4

"네가 내 꼴도 보기 싫어하는 건 알아. 하지만 와야만 했다."

준성은 대답 없이 자신의 앞에 앉아 있는 옛 친구를 쳐다봤다. 대영은 주눅이 든 듯했고 슬퍼 보였다. 축 늘어진 어깨가 안쓰럽다는 생각이 들어서 조금 놀랐다. 대영에게 배신을 당한 후, 대영이 안쓰럽다는 생각을 한 건 처음이었다.

준성은 자신의 마음이 온전히 시현의 것이 됐음을 실감했다. 윤예나라는 여자는 이제 '옛사랑'조차 아니게 된 것이다.

대영은 말을 꺼내지 못했다. 준성은 재촉하지 않았다. 그저 오랜만에 보는 친구의 얼굴을 신기한 물건이라도 되는 양 살펴봤을 뿐이다. 대영은 준성의 시선을 견디기 힘들다는 듯이 두 손으로 얼굴을 쓸었다.

똑똑.

노크 소리가 들리는가 싶더니 대답도 하지 않았는데 문이 열렸다. 양손에 커피를 하나씩 든 정후가 굳은 표정으로 들어왔다. 정후는 저벅저벅 걸어와 준성의 옆에 앉았고, 준성에게 커피를 건넸다.

"드세요, 사장님."

그리고 다른 커피는 자신의 앞에 내려놨다. 대영의 것은 없었다. 준성은 정후의 어린애 같은 행동을 이해했다. 정후는 대영을 친형처럼 따랐으니까.

"왜 왔답니까?"

정후가 날 선 목소리로 물었다.

"와야만 했대."

"아직도 이유를 얘기 안 한 겁니까?"

"응."

"저쪽이 벌인 일 덕분에 아주 바쁘니까, 얼른 얘기하고 가라고 하세요. 사장님이 처리하실 일, 여전히 많지 않습니까!"

정후의 말이 맞았다. 아직 해야 할 일이 많았다.

준성은 꽃뱀 사건이 조작된 것이라는 증거를 모두 모았고, 민희는 준성이 부탁한 것 이상의 정보를 알아다 주었다. 이제 준성은 그 자료를 가지고 해성 그룹의 차 회장, 준성의 할아버지와 담판을 지어야 했다.

차 회장은 준성에게도 버거운 상대였기 때문에 여러 가지 준비가 필요했다. 그런 상황에서 대영의 방문은 달갑지 않았지만 이상하게도 매몰차게 보낼 수가 없었다. 그전에는 이보다 더한 짓도 했는데.

"그…… 그래, 바쁘겠네. 내가 괜히 시간을 뺏은 것 같다. 그만 가볼게."

정후의 조롱 섞인 말투를 견디기 힘들었는지 결국 대영이 주춤거리며 일어났다.

"앉아, 성 사장."

준성이 명령조로 말했다.

"자네를 그냥 보내면 이시현 씨한테 혼나."

대영의 입가에 미소가 떠올랐다. 슬픔과 안도가 담긴 미소였다. 하지만 그 미소는 오래 머물지 않았다. 지은 적도 없다는 듯이.

정후는 준성의 행동이 마음에 안 드는 듯했지만 준성의 뜻에 따라 입을 다물고 있었다. 대영은 정후의 눈치를 봤고, 그 모습은 다시 한 번 준성을 안타깝게 만들었다.

대영은 남의 눈치를 보는 친구가 아니었다.

주름진 미간과 굳은 입가의 근육은 대영과 친했을 때에는 볼 수 없었던 것이었다. 대영은 잘 웃었고 당당했고 화를 내는 일이 거의 없었다. 그래서 준성은 낯선 누군가를 앞에 둔 기분이 들었다.

"앉아서 하려던 말을 해."

준성은 마음이 약한 편이 아니었다. 오히려 자기 자신만을 사랑한다는 예나의 말이 납득될 만큼 자기 자신이 최우선인 그런 사람이었다. 그렇기에 대영이 예나와 결혼을 했을 때, 우정을 버리고 사랑을 선택한 그의 심정을 헤아려볼 생각을 하지 않았다.

이 친구가 그 여자를 얼마나 사랑했으면 날 배신했을까, 라는 생각은 시현이나 할 법한 생각. 시현에게 옳은 건지 준성은 처음으로 대영의 심정을 이해하려고 노력했다.

친구를 배신할 만큼, 주위 사람들의 비난을 감수할 수 있을 만큼, 모두를 버릴 만큼 예나를 사랑하면서도 아무에게도 말하지 못하고 지켜보기만 했던 그 심정을 이제야 조금은 알 수 있었다. 준성과 사랑해 마지않는 한 여자가 서로에게 안긴 채 웃는 모습을 이 친구가 어떤 심경으로 바라봤을지, 그것을 이제야 생각해 보게 되었다.

"나는 예나를 사랑했어."

다시 소파에 앉은 대영이 어렵게 입을 열었다. 정후는 비아냥거리고 싶은 듯 입술을 실룩거렸지만 결국 아무 말도 하지 않았다.

"정말로 사랑했어. 네가 아닌 예나를 선택할 만큼. 나는 친구를 배신한 놈이지만…… 그래도 세상에는 하면 안 되는 짓이 있다고 생각한다."

"그래. 여자를 강간하면 안 되지."

준성의 말이 자신을 비난하는 말이라는 걸 깨달은 듯 대영은 허망한 미소를 지었다.

"맞아, 그것도 하면 안 되는 짓이지. 내가 미쳐 있었던 것 같아. 나는…… 그런 짓이라도 하면 예나가 날 봐줄 거라고 생각했거든."

"……."

"딱 한순간이라도 좋으니 예나가 오로지 성대영이라는 사람 한 명만 생각해 주기를 바랐거든. 그 생각으로만 가득 차서 내 행동이 다른 사람을 얼마나 상처 입힐지를 생각하지 못했던 것 같다. 아니, 어쩌면 욕을 먹고 싶었던 걸지도 모르지. 미친 놈, 몹쓸 놈, 구제불능…… 그런 소리를 들으면 내가 그런 놈이라서 예나가 날 봐주지 않는 거라고 납득할 수 있으니까."

대영은 부끄러운 듯했지만 고개를 숙이진 않았다. 테이블 어느 한 지점을 응시하며 대영은 계속해서 말했다.

"이시현 씨를 강간할 생각은 없었어. 겁만 주려고 했던 거야. 내 아내도 날 무시하는데 또 다른 여자에게 무시당한다는 게 참을 수 없었거든. 그래서…… 아니, 이제 와서 변명해 봐야 소용없지. 내가 잘못한 거니까."

"그건 어린애나 하는 짓이야."

"응, 그 어린애 같은 짓을 해서라도 예나의 마음을 갖고 싶었어. 다른 방법들이 아무것도 통하지 않았으니까…… 지푸라기라도 잡고 싶었거든."

대영의 음성이 쓸쓸하게 울렸다.

"지푸라기를 잡으니 어때?"

"지푸라기는 그냥 지푸라기일 뿐이더라."

"그래. 그냥 지푸라기일 뿐이지."

"저번에 이시현 씨를 만났을 때 이시현 씨가 물어보더라. 두 사람 부부 맞느냐고. 매일 하던 생각인데 다른 사람한테 그런 말을 들으니까 찬물을 뒤집어쓴 것 같았어. 정신이 확 들더라. 내가 얼마나 열심히 그 진실을 피하려 하고 있었는지."

준성은 할 말을 찾을 수가 없었다.

"나도, 예나도 정신이 나간 거야. 나는 예나의 마음을 얻고 싶어서, 예나는 네 마음을 얻고 싶어서. 다른 게 있다면…… 난 이제 알게 됐다는 거지. 내가 무슨 수를 써도 예나 마음을 얻을 수 없다는 걸."

대영이 무슨 말을 하려는지 알 것 같았다. 대영은 또 침묵을 지켰지만 준성은 닦달하지 않았다. 시현을 사랑하게 되면서

끊은 담배가 몹시도 피우고 싶었다. 하지만 담배를 피우는 대신 고개를 한껏 옆으로 돌려 커다란 창문으로 보이는 하늘을 바라봤다.

초여름의 하늘은 푸르고 싱그럽고 자유로웠다. 고개를 약간만 돌리면 넓게 펼쳐진 하늘이 있는데도, 자신이 만든 감옥 안에 갇혀 있는 사람들이 많았다. 예나도, 대영도 그 감옥에 갇혀 있었다.

불과 얼마 전까지는 준성 역시 그 감옥 안에 있었다. 그 감옥의 문을 열어 준 것은 시현이었다.

"나는 예나랑 헤어질 거야."

체념한 듯한 음성이었다.

"웃기지 마!"

거칠게 대꾸한 건 정후였다.

"이제 와서 발 빼겠다고? 사랑한다며? 준성이 형한테서 뺏어갈 만큼 사랑한다며? 그러면 계속 붙잡고 있어야지, 이제 와서 헤어지겠다고? 그 사랑한다는 여자가 일을 다 벌여놓으니까 감당 못 하겠다고 헤어지겠다고? 그런 인간이었어? 그런 식으로 도망치는 비겁한 놈이었어?"

"응. 난 비겁해."

정후의 비난을 대영은 담담히 받아들였다.

"하지만 난 노력했어. 예나가 매일 준성이 얘기를 해도, 나는 예나 마음을 나에게로 돌리려고 노력했고 예나가 준성이 옆에 있는 여자 때문에 미치광이처럼 행동해도, 나는 예나의 남편이 되려고 노력했어."

"그럼 더 노력해!"

"이젠 안 돼."

대영이 쓰게 웃었다.

"더 이상 예나가 사람으로 보이질 않거든."

"……."

"사람이 하지 말아야 할 짓이 있잖아. 그중 하나가 타인의 상처를 후벼 파고 그걸 이용하는 거라고 생각한다. 어쩔 수 없는 상황인 것도 아닌데 상대의 상처를 알아내서 후벼 팔 생각을 하고, 그 생각을 하면서 기분 좋다는 듯이 웃는 여자가…… 난 더 이상 사람으로 보이질 않아."

"상처라니?"

준성이 물었다.

"이시현 씨 상처. 예나가 그걸 이용하려고 해."

"이시현 씨 계부라면 안심해도 돼."

시현에게 상처가 있다는 것은 알고 있었다. 그것을 시현이 말하지 못한다는 것도.

궁금하긴 했지만 시현이 말하고 싶어 하지 않는 것을 일부러 파헤칠 생각은 없었다. 시현이 말해 주기만을 기다렸는데 예나가 움직이기 시작했고 준성도 더는 기다리고 있을 수만은 없게 되었다. 예나가 그것을 이용하려 들지도 모르기 때문이다.

시현이 어릴 적에 계부에게 당한 일은 준성이 상상했던 것보다 끔찍했기에 준성은 조금 힘을 쓸 수밖에 없었다. 약간의 조작과 연출을 동원해 시현의 계부를 잡아넣었다. 시현의 계부는 무죄를 주장할 테지만 판사는 절대로 시현의 계부를 편들어 주지 않을 것이다.

"계부의 문제가 아니야. 그건 이시현 씨에게 상처가 됐겠지만…… 그래도 이시현 씨는 잘 자랐잖아."

"그럼 뭐가 문젠데?"

심각성을 깨달은 듯, 정후는 더 이상 빈정거리지 않고 다급히 물었다.

"그러니까…… 이시현 씨한테 동생이 있다는 거 알지? 아마 이시현 씨는 성공해서 동생을 그 집에서 데리고 나오고 싶었던 모양이야. 예나가 대학 친구들에게 얘기를 들었는데, 대학 때부터 말버릇이었대. 얼른 성공해서 동생만은 고생하지 않게 해 주고 싶다고."

준성은 몰랐던 사실이다. 시현에게 동생이 있다는 건 알았지만, 시현이 동생 때문에 돈을 많이 벌려고 하는 줄은 몰랐다.

"그 동생이 이시현 씨 약점이야."

"설마…… 윤예나가 시현 씨 동생한테 해코지하려는 거야?"

정후의 질문에 대영이 고개를 저었다.

"그게 아니야. 그게 아니라…… 이시현 씨는 그 동생을 믿고 있잖아. 이시현 씨가 사는 목적이지. 아마 이시현 씨는 자기가 항상 자기 동생을 보호해 왔다고 생각할 테니까."

준성은 더 이상 여유를 부릴 수가 없었다. 대영이 무슨 말을 할지 알 것 같았다.

"그런데 그 동생은…… 어릴 적에 자기 계부에게 이시현 씨를 팔아넘겼어."

입안이 바짝바짝 말랐다.

"팔아넘겼다니!"

정후의 음성이 높아졌다.

"자기 누나가 잠들면…… 그 동생이 계부에게 말해 줬대. 누나 자고 있다고."

시현의 미소가 떠올랐다. 그늘지지 않은 상쾌한 미소.

"이시현 씨는 자기가 생각했던 것보다 더 어린 나이에…… 계부에게 추행을 당했던 거야. 그것도 이시현 씨 삶의 목적인 그 동생 때문에."

그 미소가 와장창 깨어졌다.

5

"거짓말하지 말아요."

시현은 웃으려고 애썼다. 당신 말 조금도 믿지 않는다는 듯이 부드럽고 여유 있게, 그렇게 웃으려고 노력했다.

"우리 새울이는 그런 애 아니에요. 그런 식으로 모함하면 내가 믿을 것 같았어요? 울고불고 괴로워할 줄 알았어요?"

하지만 웃음이 나오지 않았다.

그 이유는 알고 있었다. 예나의 말이 진실이니까. 예나의 말이 진실이라면 새울의 메일도 설명할 수 있었다. 민희나 명성이, 혹은 준성이나 정후가 그 사실을 알아낸 것이다. 그래서 혹시라도 시현을 찾아오는 일이 없도록 돈을 쥐여 주고 먼 곳으로 보낸 거겠지. 시현을 찾지 않는다는 것을 조건으로.

"믿고 안 믿고는 시현 씨 마음이죠. 난 그저 진실을 알려 주고 싶었을 뿐이에요. 시현 씨가 그런 동생도 피붙이라고 전전긍긍하는 게 안쓰러웠거든요."

예나는 말의 내용과는 다르게 즐겁다는 듯한 미소를 짓고 있었다. 뺨을 때리고 싶었다. 이 순간, 자신에게 이런 폭력성이 숨겨져 있나 싶을 정도로 시현은 과격한 짓을 하고 싶었다. 충동이 시현을 에워쌌지만 간신히 억눌렀다.

"안 믿어요, 윤예나 씨. 일부러 찾아와서 이런 모함을 하는 거, 정말 우습네요."

시현은 자신의 목소리가 조금도 상대를 우습게 여기는 것처럼 들리지 않는다는 걸 깨달았다. 형편없이 떨리는 목소리.

"솔직하게 말해 줄까요?"

아니, 말하지 마. 그냥 꺼져. 꺼져 버리라고!

"사실 그 일을 이용할 생각이었어요. 이새울을 데려다가 시현 씨 앞에 세워두고 그 일에 대해 전부 고백하게 만들면 시현 씨가 상처를 받을 거라고 생각했죠. 하지만 누가 먼저 손을 썼더라고요. 제가 찾을 수 없는 곳으로 사라졌던데요?"

시현의 예상이 맞았다.

"그래서 그냥 진실을 알려 주자 싶었어요. 안 그러면 시현 씨가 평생 자기 믿고 싶은 것만 믿으면서 동생을 찾아 헤맬 테니까요."

와지끈, 하는 소리가 들렸다. 그 소리는 너무 크고 불쾌해서 시현은 귀를 틀어막고 싶었다. 또다시 와지끈, 큰 소리가 고막을 때렸을 때에야 시현은 그 소리가 세상이 무너지는 소리라는 것을 깨달았다.

자신의 눈동자가 흔들리고 있다는 걸 알면서도, 입술이 떨리고 있다는 걸 알면서도 멈추게 할 수가 없었다. 동요하는 모습을 보이면 지는 건데 동요를 감출 수가 없었다.

세상이 무너졌다.

암흑이 시야를 덮었다. 시현은 그것을 걷어내기 위해 한 손을 크게 휘둘렀다. 하지만 여전히 보이는 게 없었다.

잊고 있던 기억이 해일처럼 밀려와 시현의 뇌를 가득 메웠다. 아주 어릴 적, 잠에서 깨면 시현의 옆에 누워 있던 계부. 시현의 배에, 허벅지에, 혹은 가슴 위에 올라가 있던 계부의 손. 끔찍해서 덮어 두었던 그 기억이 시현의 머리를 붙들고 흔들었다. 그게 너무 아프고 괴로워서 시현은 차라리 죽는 게 낫겠다는 생각을 했다.

"그러니까 이젠 동생을 잊고 행복하게 살아요, 시현 씨."

눈앞의 여자를 때리고 싶었다. 저 입을 틀어막고 싶어서 시현은 한 손을 들어 올렸다. 예나가 웃었다.

"때리려고요? 진실을 알려 줬는데도? 그래요, 때려요. 그런 아버지 손에 자랐으니 보고 배운 게 폭력밖에 없겠죠. 기분이 풀릴 때까지 때려요. 맞아줄 테니까. 고소 같은 거 하지 않을 테니까 마음껏 때려요. 당신 아버지처럼."

"그 인간은 내 아버지가 아니야!"

"아버지 맞아요. 아무리 피가 안 통했어도 어릴 적부터 그 남자 손에 자랐잖아요. 그러면 아버지인 거예요."

들어 올린 손이 부들부들 떨렸다. 예나는 그런 시현을 재미있다는 듯 지켜보다가 천천히 일어났다.

"마음 좀 달래요. 그런 남자 손에 자란 거, 어쩔 수 없잖아요. 과거는 과거일 뿐이니까 깨끗이 잊고 새 출발 해요. 같은 여자니까 도와줄게요."

어려움이라고는 모르고 살아온 한 여자가 시현의 심장에 수십 개의 칼을 박아 넣고 살랑거리며 돌아섰다. 괴로움이라고

는 모르고 살아온 한 여자가 시현이 흘리는 피를 보며 작게 웃었다. 낭창낭창 허리를 흔들며 걸어가는 그 곱게 자란 여자를 그냥 내보내고 싶지 않았다.

그러나 시현은 그녀를 공격하는 대신 서 있던 자리에 그대로 주저앉았다.

저 여자가 세상에서 사라져도 아무 소용없다. 시현의 세상은 이미 사라졌으니까.

6

초인종을 눌렀지만 대답이 없었다. 준성은 다급히 비밀번호를 눌렀지만 몇 번이나 실패했다. 손이 떨려서 자꾸만 다른 번호를 누르고 말았다. 보다 못한 정후가 대신 눌러준 후에야 문을 열 수 있었다.

시현이 있어야만 했다.

일부러 준성의 집과 비슷하게 꾸며놓은 그 집엔 반드시 시현이 있어야만 했다. 소파에 앉아서, 혹은 발코니에 서서 준성을 기다려야만 했다.

그러나 그 집엔 아무도 없었다.

7

한참을 찾았다. 처음에는 회사에 갔고, 그다음에는 시현의 집으로 향했다. 회사에도, 시현의 집에도 시현이 왔던 흔적이 없었다. 뒤늦게 시현의 집 앞에 온 민희에게 정후가 아까 있었던 일을 설명했다. 민희 역시 시현의 가족을 해외에 보낸 일에 대해 말해 주었다.

준성은 민희가 그 사실을 알고 있었다는 것에 놀랐지만, 지금 그런 걸 따질 여유는 없었다. 시현을 찾아내는 게 최우선이었다.

"미리 말 못 해서 미안해. 하지만 시현이가 직접 말해야 한다고 생각했어."

가야 할 곳을 몰라 시동만 건 채로 세워둔 차 안에서 민희가 우물쭈물 사과했다.

"윤예나는 시현 씨 가족이 해외로 나갔다는 걸 알게 된 후에 바로 움직여야 한다고 생각했을 겁니다. 주춤했다가는 아가씨나 명성 형님이 바로 방어책을 세워둘 테니까요."

"그랬겠지. 내가 막기 전에 얼른 시현이를 만나야 한다고 생각했을 거야. 윤예나가 이렇게 빨리 움직일지 몰랐던 게 잘못이다. 미안하다, 준성아."

명성도 사과를 했다.

준성은 누구의 사과도 듣고 싶지 않았다. 그들이 사과를 하면 할수록 시현이 더 멀어지는 느낌이 들었다. 멀어지다 못해 보이지 않게 되어서 다시는 볼 수 없을 것 같았다.

"어디 갔을까?"

준성은 시현의 입장에서 생각해 보려 했지만 그건 불가능했다. 준성은 시현과 같은 일을 당해본 적이 없었다. 그런 일을 당하고서도 아무 일 없었던 것처럼 웃으면서 사는, 그런 생활을 해 본 적이 단 한 번도 없었다.

"끔찍해……."

붉게 충혈된 눈이 쓰렸다.

"정말 끔찍해……."

흘러나오는 음성이 제 것이 아닌 듯했다. 잔뜩 쉰 목소리가 듣기 싫었다.

"이시현 씨는 늘 웃었어. 내가 쓴소리를 해도 웃었고 상처를 줘도 웃었어. 도대체…… 어떻게 웃었던 거지?"

목이 메었다. 상처를 받은 것도, 그 상처가 벌어진 것도 시현 쪽인데 어째서인지 준성 자신이 울 것만 같았다.

"그런 애잖아. 뭐든 좋게 생각하는 애."

민희가 중얼거렸다.

"제기랄!"

생각을 하기 힘들었다. 시현을 지켜 주지 못했다는 죄책감과 무능한 자신에 대한 실망감이 이성을 앗아갔다. 시현의 하나 남은 목적이 사라진 이 순간, 시현이 다시는 미소 짓지 않을지도 모른다는 생각에 두려웠고, 결국 자기 자신의 두려움만 생각하는 스스로의 태도에 환멸을 느꼈다.

"정신 차려, 차 사장."

준성의 혼란을 깨달은 명성이 매섭게 말했다.

"무슨 일 생기기 전에 시현 씨를 찾는 게 우선이야."

"못 찾아."

"차 사장!"

"난 이시현 씨를 이해하려고 한 적이 단 한 번도 없어! 그런데 어떻게 찾아? 이시현 씨는 나에게 도와달라는 말도 한 적 없고, 자기 과거에 대해 말한 적도 없어! 그렇게 못 믿을 놈인 거야, 나는! 그런데 어떻게 이시현 씨를 찾아? 난 못 찾아! 난 이시현 씨를……."

퍽!

민희의 손이 준성의 뒤통수를 때렸다. 꽤 큰 소리가 났는데도 그 아픔이 전혀 느껴지지 않을 만큼 가슴의 통증이 심했다.

"놀고 앉아 있네. 지금 오빠가 징징거릴 때가 아니거든? 못 봐 주겠으니까 도와주지 않을 거면 입 다물고 있어. 생각 좀 하게."

"저…… 원래 살던 집에 있지 않을까요?"

정후가 조심스레 자신의 의견을 말했다.

"여긴 없잖아."

"아니, 여기 말고요. 시현 씨가 어릴 적에 살던 집이요."

민희가 인상을 찌푸렸다.

"이런 상황에서 옛날 살던 집에 가고 싶을까? 버리고 싶은 과거일 텐데."

"그러니까 더 갔을지도 모르죠. 도망치지 않고 마주보려고."

"일단 가보자. 찾아볼 수 있는 곳은 다 찾아봐야지."

명성이 말했다.

정후는 평소보다 빠르게 운전했다. 시현의 옛날 집까지는 한 시간이 조금 넘게 걸렸다. 가는 내내 다들 말이 없었다. 모두의 머릿속에 최악의 상황이 그려졌지만, 누구도 그것을 입 밖에 내진 않았다. 상상만으로도 끔찍했기 때문이다.

시간이 더디게 흘렀다. 준성은 한 시간 남짓 되는 그 시간이 영원처럼 길게 느껴졌다. 영원히 늘어진 시간, 그녀와의 사이에 있는 영원한 거리.

"준성아."

저 멀리 시현이 살았다던 낡은 빌라가 보였다. 시현의 과거를 담고 있는 빌라. 그 입구에 시현이 있었다. 시현은 쭈그리고 앉아 두 팔로 무릎을 감싸 안고 있었다.

"시현 씨는 가족에게 버림을 받았어."

준성은 용기가 나지 않았다. 달려가 시현의 옆에 선들 무슨 말을 해야 좋을지 알 수 없었다. 그런 준성의 어깨를 꽉 움켜쥐며 명성이 말했다.

"이제 시현 씨한테 남은 건 너 하나뿐이야."

8

"이시현 씨."

불렀지만 대답이 없었다. 시현은 두꺼운 고치 안에 틀어박혀 세상과 자신을 차단하고 있었다. 준성은 시현에게로 다가가 그녀의 옆에 앉았다.

"시현아."

역시 반응이 없었다. 그래서 준성은 말없이 그녀의 어깨를 감싸고 자신의 품으로 끌어당겼다. 시현은 의지가 없는 생물처럼 준성이 하는 대로 움직였다.

빌라를 드나드는 사람들이 흘끗거리며 쳐다봤지만 준성과 시현은 꼼짝도 하지 않았다. 준성은 시현의 숨소리를 들으며 조용히 허공을 응시했다.

그녀의 미소를 보지 못해도 좋다. 그녀의 숨소리만 들을 수 있다면, 그걸로 좋았다. 아주 오랫동안 그녀가 미소 짓지 않는다면, 미소 지을 때까지 곁에 있으면 될 일이었다.

어느새 하늘이 회청빛으로 변하고 희끄무레한 가로등이 거리를 밝혔다. 술주정뱅이들이 비틀거리며 집에 돌아오는 시간이 되었지만 그래도 준성은 그녀의 어깨를 감싼 채 일어나지 않았다.

"생각을 했어요."

시현의 목소리가 들려온 건 회청빛 하늘 끝이 오렌지빛으로 변해갈 무렵이었다.

"그래, 그럴 만도 해. 새울이는 어렸으니까, 많이 맞았으니까, 많이 무서웠으니까…… 그러니까 그럴 만도 했어."

"응."

준성은 가만히 고개를 끄덕여 주었다.

"그런데요. 그게 안 돼요. 많이 생각했는데 이해가 안 돼요. 개랑 나랑은 남매잖아요, 친남매. 저는 개 대신 맞았거든요. 개 대신 아팠거든요. 그런데도 자기 좀 덜 맞자고 저를 팔아넘긴 게 이해가 안 돼요. 이해가 안 되니까 용서가 안 되고, 용서가 안 되니까 그런 놈을 동생이라고 믿고 살아온 내 자신이 바보 같고, 내 자신이 바보 같으니까…… 그러니까요, 사장님. 지금까지 뭘 한 건가…… 그런 자괴감이 들어요."

"응."

"이런 멍청한 여자 본 적 있어요? 동생 놈은 날 누나라고 생각도 하지 않는데 저 혼자서 우리가 평범한 남매라고 믿고, 그 동생 놈 좋은 환경 만들어 주겠다고 노력한…… 이런 멍청한 여자, 본 적 있어요?"

"지금 보고 있잖아."

"그래요, 지금 보고 계시죠. 저 그런 멍청한 여자예요. 게다가 줏대도 없어요. 그냥 한번 믿기로 했으면 믿어 버리면 되는데…… 그 동생 놈도 동생으로 대해 주겠다고 생각했으면 그냥 쭉 그러면 되는데…… 그런데도 그 동생 놈이 싫고 밉고 원망스러워서요, 사장님. 그래서 욕해 주고 싶고 비난하고 싶고 때려 주고 싶고 그래요."

"응."

시현은 입을 처음 열었을 때만큼이나 갑작스럽게 말을 멈췄다. 다시 침묵이 시작되었다.

저 멀리 차에서 기다리던 명성과 민희, 정후가 다가오는 게 보였다. 세 사람은 조용히 시현을 둘러싸고 앉았다. 시현은 그들이 왔다는 걸 알면서도 아는 체를 하지 않았다. 또다시 자신이 만든 고치 안으로 틀어박혔다.

"시현아, 그만 돌아가자."

민희가 말했다.

"돌아가서 얘기하자. 힘들잖아."

민희의 목소리는 전에 없이 다정했다.

"가서 밤새도록 얘기하고 술 마시고 욕하고…… 우리 그러자, 시현아. 응?"

"윤예나가 그러더라. 새아빠랑 나랑 똑같다고."

시현이 다시 말했다.

"나는 엄마나 그 남자처럼만은 되기 싫었는데, 나도 모르는 사이에 새아빠처럼 됐나 봐. 윤예나를 때릴 뻔했거든. 새아빠한테 맞고 자라서 나도 그렇게 폭력적이 된 거야."

"안 때렸잖아."

준성이 말했다.

"하지만 때리고 싶었어요. 때릴 뻔했어요. 한 대 철썩, 때리고 마는 게 아니라요, 사장님. 주먹으로 치고, 또 치고, 그렇게 계속계속 때리고 싶었어요. 그 여자가 정신을 잃을 때까지, 울면서 애원할 때까지요."

"하지만 안 때렸잖아."

"때리고 싶었다니까요! 내 안에 그런 폭력적인 성향이 있었던 거예요. 나는 그 인간들한테서 벗어날 수 없는 거라고요!"

"나도 폭력적이야. 우리 아버지는 날 때린 적 없지만 난 화가 나면 누군가를 때리고 싶어져. 명성이 형은 실제로 누군가를 때린 적이 많이 있고 정후도 그런 적이 있지. 민희는 말할 것도 없고. 누구나 그래. 자네만 그런 게 아니야."

"난 달라요. 나는 그런 인간 손에 커서⋯⋯ 그래서 그런 거예요."

"하지만 아무도 때리지 않았어. 그게 중요한 거야. 사람은 누구나 폭력성이 있지만 그걸 드러내느냐 참느냐에 따라서 폭력적인 인간이 되기도 하고, 그렇지 않은 인간이 되기도 하는 거야. 자넨 참았잖아."

"때리고 싶었어요."

"응, 하지만 잘 참았어."

시현이 다시 고개를 숙였다. 민희는 시현의 늘어진 모습이 보기 힘든 듯 고개를 돌렸다. 하지만 준성은 시현의 그 모습에서 눈을 떼지 않았다.

"평범하고 싶었어요."

시현은 무릎에 얼굴을 묻은 채로 말했다.

"전요, 사장님. 많은 걸 바란 적 없어요. 그냥 아주 평범하고 싶었어요. 부자 남자 친구에 신데렐라 스토리, 그런 거 싫었어요. 그냥…… 그냥요, 아주 평범하게…… 평범한 연애, 평범한 결혼, 그리고 평범한 내 가족…… 그것만 원했어요."

시현의 슬픈 음성이 새벽빛을 타고 흘렀다.

"새울이가 유일했어요. 내 인생에서 가장 평범한 존재. 내 남동생. 아주 평범한 남매일 거라고…… 우리를 둘러싼 환경은 그렇지 않지만…… 우린 정말 평범한 남매라고 생각했어요."

시현이 잠시 말을 멈췄기에 준성은 무슨 말이든 해 줘야 한다고 생각했다. 하지만 해 줄 말이 떠오르지 않았다. 가슴이 답답했다. 고개를 들어 자신을 둘러싼 세 사람에게 도움을 청하는 눈빛을 보냈지만 다들 마찬가지인 듯 입을 열지 않았다.

"사장님, 저는요. 어릴 적에 놀이공원에 가본 적이 한 번도 없었어요. 그래서 월요일에 학교에 와서 부모님이랑 놀이공원 갔다 온 걸 얘기하는 친구들을 보면 부럽고 신기하고…… 그랬었어요. 한 번도 가본 적이 없어서 놀이공원은 제 꿈의 공간이 됐어요. 언젠가는 꼭 가봐야지. 돈 많이 벌게 되면 꼭 가야지. 어린 마음에 그렇게 생각했던 것 같아요."

"응."

"그러다가 대학에 들어가서 만난 친구들이랑 드디어 놀이공원을 가게 됐어요. 우리나라에서 제일 큰 곳으로요. 그런데 제가 꿈꾸던 그곳은 제 꿈과는 정말 다른 곳이었어요. 실망스러울 정도로 별거 없었죠. 그다지 환상적이지도 않고, 그다지 재미있지도 않았어요. 그냥 놀이기구만 잔뜩 있는 그런 곳이더라고요."

"응."

"시간이 지나면서 놀이공원에 사람이 많아졌어요. 친구들이랑 온 사람들도 있었고, 연인이랑 온 사람들도 있었고, 그리고 가족끼리 온 사람들도 있더라고요. 그래서요, 전…… 울었어요. 제가 꿈꾸던 게 어떤 건지 알았거든요. 그리고 그 꿈을 평생 이룰 수 없다는 걸 알았거든요. 그래서 울었어요."

시현이 고개를 들었다. 울고 있을 줄 알았는데 시현은 울지 않았다. 오히려 미소를 짓고 있었다.

"생각해 보면 제가 이러는 것도 웃긴 것 같아요. 원래 옆에 없던 동생이 쭉 없는 것뿐인데 이제 와서 이러는 것도 이상하잖아요. 그동안 잘살았으면서. 뭐, 혹 하나 떼어냈다고 생각하면 되는 건데, 이제 그냥 나 하나 잘 살자고 하면 되는 거니까 더 마음 편해진 건데…… 괜히 다들 걱정하게 하고. 죄송해요."

"어……."

갑작스럽게 아무 일 없었다는 듯 웃는 시현의 모습에 모두 당황했다.

"그건 아닌 것 같아."

가장 먼저 정신 차린 민희가 고개를 저었다. 준성은 민희가 무슨 말을 하고 싶은지 깨달았다. 준성은 벌써 일어나서 돌아갈 채비를 하는 시현을 붙잡았다.

"얼른 가요. 배도 고프고."

"아니야, 시현아."

"어? 사장님. 이제 제 이름 편하게 부르시네요. 그럼 저도 이제 사장님 편하게 불러도 돼요?"

시현의 음성은 유쾌했고 그것이 준성을 슬프게 했다.

"지금은 네가 웃을 시점이 아니야."

"무슨 말씀이세요? 웃는 얼굴에 복이 온다잖아요. 계속 침울해한다고 상황이 나아지는 것도 아니고, 지나간 일이 없던 일이 되는 것도 아닌데."

"상황이 나아지지 않을 거고, 지나간 일이 없던 일이 될 것도 아니지만…… 그래도 지금은 네가 웃을 시점이 아니야."

"왜 그러세요."

"좀 더 침울해야 돼. 아까처럼 쭈그리고 있어도 되고, 며칠 동안 울면서 주위 사람들을 걱정시켜야 돼. 그게 정상이야."

"울 일도 아닌데요."

"울 일이야."

준성이야말로 울고 싶었지만 우는 대신에 두 팔을 뻗어 시현을 끌어안았다.

"이건 울어야 되는 일이야. 날 좀 더 걱정시켜야 하는 일이라고."

"사장님…… 정말로 전…….'

"내가 밤새워 널 걱정하고 너 때문에 식욕도 사라지고…… 그렇게 만들어야 돼. 벌써부터 웃지 마, 시현아."

시현은 너무 작았다. 이 작은 여자가 더 작을 때에 그 아픈 일을 겪고도 좋은 쪽으로 생각하며 웃으려고 노력한 그 나날들이 얼마나 힘들었을지 준성은 짐작조차 할 수 없었다. 그래서 슬프고 안타깝고 아팠다.

"좀 더 날 걱정시켜, 제발."

시현의 몸이 떨렸다.

"사장님, 이러지 마세요. 그러면 저 진짜로 울어요."

"응, 울어. 우는 모습을 보여 줘."

"사장님……."

"자면서 울지 마. 현실이 지옥 같으니까 꿈은 좋은 꿈을 꿔야지. 그러니까 그냥 이 지옥 같은 현실에 있을 때 울어. 제발."

"정말로…… 왜 이러세요……?"

시현이 흐느끼듯 말했다.

"정말로…… 울 것 같잖아요……."

시현은 울고 있었다. 울지 않는 척했지만, 그녀를 안은 가슴이 젖어가는 게 느껴졌다. 준성은 시현을 더 꽉 끌어안았다.

"으……."

시현의 흐느낌이 새어나왔다.

"우욱…… 윽…… 흑……."

그건 울음소리라기보다는 절규 같았다. 상처 입은 동물이 내는 비명 같았다. 준성은 이 여자를 지옥에서 끌어낼 수만 있다면, 자신이 지옥에 대신 들어가도 괜찮다고 생각했다.

한참 동안 울던 시현이 고개를 들었다. 눈물에 흠뻑 젖은 눈이 흔들리다가 준성에게 고정되었다. 시현은 말하기 힘든 듯 입술을 뻐끔거렸다. 준성은 시현에게 여유 있는 모습을 보여줘야 한다는 걸 알았지만 도저히 표정을 관리할 수가 없었다. 허물어질 것 같은 그녀의 모습에 가슴이 죄어와 숨을 쉬기 힘들었다.

"저 좀, 사장님……."

쉰 목소리가 애원하듯 들려왔다.

"저 좀 도와주세요, 사장님. 저…… 정말로…… 이제 그만…… 그만 울고 싶어요."

이야기 셋 141

이야기 넷.

1

준성은 80살이 넘은 연세에도 여전히 해성 그룹을 좌지우지할 힘이 있는 할아버지와 마주앉았다. 준성의 아버지보다 더 젊게 사는 차 회장은 편한 청바지에 흰색 셔츠를 입고 있었다.

"내가 왜 널 도와줘야 되지?"

"손자니까요."

"피붙이라는 말이 네 애비한테는 통했을지 몰라도 나한테는 안 통한다. 꽃뱀 사건 때 가만히 있어 준 것만 해도 감사하게 여겨."

"가만히 계신 걸 왜 감사해야 합니까? 도와주지도 않았는데."

"네놈 회사에서 일어난 일 때문에 이쪽에서 얼마나 말들이 많았는지 알아? 게다가 거기 연루된 아이가 네 애인이라고 들었다! 손자 놈이 꽃뱀한테 물렸다는 소리를 듣고만 있어 주는 것도 쉬운 일은 아니야!"

"그럼 듣기 전에 좀 도와주시지 그랬습니까? 결국 할아버지가 잘못하신 거죠."

"너 이놈!"

차 회장의 흰 눈썹이 꿈틀거렸지만 준성은 담담히 앉아 있었다.

"그리고 제 애인은 꽃뱀 아닙니다."

"참도 그렇겠다. 넌 내 손자지만 여자 보는 눈이 없잖아. 윤가 손녀도 그렇고⋯⋯ 그래 봐야 고만고만한 아이겠지."

차 회장이 빈정거렸다.

"할아버지는 윤예나가 그런 성격이라는 걸 아셨습니까?"

"윤가, 그놈 핏줄인데 오죽하겠어? 게다가 제 할애비 손에서 크다시피 했으니 그 성격을 고스란히 물려받았겠지."

"거짓말쟁이."

"뭣이야!"

차 회장은 역시 준성이 오기 전에 도망칠 걸 그랬다고 후회했다. 장남의 막내아들인 준성은 다루기 힘들었다. 무슨 생각을 하는지 도무지 알 수 없는 저 무표정이 무엇보다 불편했다.

아들을 불러 도와달라고 할 생각이었지만 차민수는 외근을 나가고 없었다. 사장이 외근을 나갈 일은 거의 없으니 아마도 미리 알고 도망친 게 분명했다.

"미리 알았다면 저에게 말씀하셨겠죠."

"네놈이 언제 눈치채나 볼 생각이었다."

"기업 경영은 거짓말이 밑바탕이 되어야 하나 봅니다."

"너…… 이 할애비랑 싸우려고 온 거냐?"

"아닙니다. 제가 할아버지를 화나게 해서 좋을 게 뭐가 있겠습니까? 그냥 대화를 하는 겁니다."

"그럼 그놈의 표정 좀 어떻게 해라."

"제 표정이 왜요?"

"도대체가 네놈은 속을 읽을 수가 없어!"

"남의 마음을 읽겠다고 생각하는 것부터가 이상한 것 아닙니까? 혹시 할아버지…… 초능력 같은 게 있으십니까?"

"너……."

차 회장은 한숨을 쉬었다.

차 회장은 화를 내는 일이 거의 없지만 그렇기 때문에 한 번 화를 내면 다들 벌벌 떨었다. 아들들도, 다루기 힘든 손자 손녀들도 차 회장의 분노에는 고개를 들지 못했다.

하지만 준성은 달랐다. 어릴 적부터 나사 하나 빠진 듯한 이 손자 놈은 놀라는 법도, 두려워하는 법도 모르는 사람인 것 같다. 때때로 차 회장은 자신의 손자가 인간이 아닐지도 모른다는 음모론적인 생각을 했다.

"저는 시현이랑 결혼을 할 겁니다."

"해라, 해."

이왕이면 손자들이 좋은 집안의 여성과 연을 맺기를 바랐지만 준성에게는 그런 기대조차 하지 않았다. 그저 '인간'과 결혼하기만을 바랐을 뿐이다.

"하지만 그러려면 윤예나부터 어떻게 해야 될 것 같습니다."

"옛 여자 간수도 제대로 못 하는 거냐?"

"네, 할아버지 핏줄이라서요."

차 회장은 더 이상 준성과 말싸움을 하지 않기로 결심했다.

"예나가 시현이를 괴롭힙니다. 윤 의원은 이때다 싶어서 은근슬쩍 도움을 주고 있는 상황이고요. 지난번 꽃뱀 사건도 예나와 윤 의원이 벌인 일입니다."

"그래서?"

"윤 의원을 제거하면 예나는 저절로 떨어져 나갈 겁니다. 혼자 힘으로는 어쩔 수 없으니까요."

"난 윤가랑 척 질 생각 없다."

"사이 안 좋으시잖아요."

"대외적으로는 좋은 편이지. 그래도 정계에서 힘 있는 놈인데 굳이 적으로 삼을 이유가 없거든."

"만약 완전히 정계에서 물러나게 할 수 있다면요?"

차 회장은 눈을 가늘게 뜨고 준성의 얼굴을 살폈다. 무슨 속셈인지 알고 싶었기 때문이다.

사사건건 차 회장의 속을 긁어대는 윤 의원이 정계에서 물러난다면 차 회장에게는 좋은 일이었다. 그러나 윤 의원은 머리가 좋았고, 자신의 잘못을 다른 사람에게 뒤집어씌우는 뛰어난 재주가 있었다.

"확실하게 뽑아내지 못할 거라면 안 건드리는 게 낫다."

"확실하게 뽑아낼 수 있다면 힘을 빌려 주실 겁니까?"

"그런 방법이 있다면 네놈 혼자서도 할 수 있는 거 아니냐?"

"할아버지께서 하셔야 타격이 더 크니까요."

"어디 애기나 들어 보자."

"먼저 힘을 빌려 주신다고 약속하시면요."

차 회장은 고민에 빠졌다. 약속을 할 것인가, 말 것인가. 만약 속을 떠보기 위해 됐다고, 약속 안 할 거라고 한다면 그가 아는 준성은 뒤도 돌아보지 않고 나갈 게 뻔했다. 그래도 상관없긴 하지만 윤 의원을 정계에서 몰아낼 수 있다는 그 방법이 궁금했다.

결국 호기심이 이겼다.

"그래, 약속하마."

"다시 한 번 말씀해 주세요."

준성이 휴대폰의 녹음 기능을 켜며 말했다.

"너, 이 할애비도 못 믿는 거냐!"

"거짓말을 밑바탕으로 삼으신 분이니까요."

"……그래, 좋다. 그 방법이 확실하다면 내가 힘을 빌려 주마."

준성의 입가에 미소가 맺히는 걸 보며 차 회장은 부르르 떨었다. 저 속을 알 수 없는 녀석.

"할아버지께서 직접 윤 의원을 만나 대화를 하시는 게 좋겠습니다. 이 문제에 대해서."

"……설마 대화로 풀라는, 그런 헛소리를 하는 건 아니겠지?"

"그 소리가 맞습니다."

"너, 지금 이 할아버지를 상대로 장난을 치는 거냐?"

"그럴 리가요."

준성이 옆에 내려놨던 봉투를 내밀었다. 아까부터 그 봉투 안에 뭐가 들었는지 궁금했었다.

"그 안에 들어 있습니다. 윤 의원을 쥐고 흔들 방법이."

차 회장은 서둘러 봉투 안의 것을 꺼냈다.

"제가 윤 의원에게 요구하고 싶은 것은 딱 세 가지입니다. 정계에서 물러날 것, 물러나기 전에 이슈가 됐던 꽃뱀 사건의 주범이 윤예나라는 것을 밝힐 것, 앞으로 두 번 다시는 로운 클럽과 관련된 일에 손대지 않을 것. 그 이외엔 할아버지께서 하고 싶은 대로 하세요."

차 회장은 준성의 말을 건성으로 들으며 준성이 건네준 자료를 정신없이 읽었다. 그 자료에는 차 회장도 믿을 수 없는 비밀이 적혀 있었다.

2

"시현아."

시현은 고개를 들고 준성을 바라봤다. 그가 불러 주는 이름이 듣기 좋았다.

"오늘은 뭐 했어?"

"책을 좀 읽었어요."

새울의 일을 알게 되고 일주일 정도가 지났다. 영원히 가시지 않을 것 같은 어둠은 차차 걷혀서, 이제는 그의 얼굴을 또렷이 볼 수 있을 정도가 되었다.

웃고 싶지 않을 때 굳이 웃지 않아도 된다는 것이 이렇게 편한 일인 줄은 몰랐다. 시현은 아주 오랜만에 아늑한 이불 속에 들어가 있는 느낌을 받았다. 아니, 어쩌면 처음일지도 모르겠다. 이런 편안함은.

준성의 앞에서는 웃지 않아도 괜찮았다. 준성은 시현을 닦달하지 않았고 너무 걱정스러운 표정을 지어서 민망한 기분이 들게 하지도 않았다. 그냥 담담히, 지금은 웃지 않는 게 당연하다는 듯이 시현의 곁에 있어 주었다.

"희영이 언니랑 여훈 씨랑 결혼할 거래요."

"그래?"

"네. 미국에서 결혼식을 올릴 건가 봐요. 올해 가을에."

"잘됐네."

"네. 여훈 씨가 큰 힘이 됐던 모양이에요. 이번 사건 터지고 매일 만나서 위로해 주고 그랬대요. 이번에 미국으로 갔을 때도 바로 따라가서 같이 있었다고 하더라고요."

준성이 시현의 옆에 앉았고 시현은 자연스럽게 그의 어깨에 머리를 기댔다.

"성혼비를 주겠대요. 일억이나. 이번 일로 힘들 때 힘이 되어 줘서 고맙다고 하더라고요. 전 해 준 게 아무것도 없는데."

"해결을 해야만 해 준 게 되는 건 아니야. 그런 일이 있어도 도망치지 않았잖아."

준성의 위로는 따뜻했고 진심이 느껴졌다. 그의 품에 꼬물꼬물 파고 들어갔다.

"이제 슬슬 회사에 출근해도 될까요?"

"응."

"윤예나가 또 해코지하면 어쩌죠?"

"이제 그런 일 없어."

준성이 단호하게 말했다. 준성이 확신하는 데는 그만한 이유가 있으리란 걸 알고 있었다.

"사장님, 뭔가 하셨어요?"

"응, 뭔가 했어. 네가 도와달라고 했잖아. 윤예나는 두 번 다시 네 앞에 나타나지 않을 거야."

"……만약 제가 좀 더 빨리 도와달라고 했으면 더 빨리 해결됐을까요?"

"그랬겠지. 하지만…… 네 동생의 일은 변하지 않았을 거야. 내가 알게 됐더라도 난 너한테 말해 줬을 테니까."

준성이 시현의 머리를 쓰다듬었다. 시현은 눈을 감고 준성의 손길에 집중하려 애썼다.

아직도 새울의 이야기가 나오면 심장이 덜컹거린다.

상처는 쉬이 치료되지 않았다. 가족이라고 믿었던 단 한 사람에게마저 버림받았었다는 걸 받아들이기는 쉽지 않았다.

"세상에 비밀은 없어. 내가 말하지 않아도 또 다른 누군가가 말했겠지. 그걸 받아들이지 못하면 그건 평생 네 약점이 되는 거야. 그래서 나는 그 사실을 네게 말해 줬을 거야."

"네, 사장님 말이 맞아요."

"네 모친과 네 동생은 널 배신했고 널 버렸어. 그 사실은 변하지 않아. 그걸 받아들여야 해."

"노력 중이에요."

시현은 힘없이 대답하며 준성에게서 떨어져 일어났다. 준성의 입으로 확실하게 듣고 나니 가족에게 버림받았다는 것이 새삼스럽게 실감이 됐다.

가족 간의 애정에 대한 미련은 그 집을 나올 때 모두 두고 나왔다고 생각했는데 그렇지 않았던 모양이다. 시현도 찾지 못할 가슴 깊은 곳 어딘가에 여전히 웅크리고 있었던 것 같다. 이제 와서 이토록 가슴이 시리고 허전한 것을 보면.

"그걸 다 받아들이고 나면, 그다음에는 또 다른 걸 받아들여야 해."

준성은 억지로 시현이 자신을 보게 만들었다. 시현으로선 형편없이 구겨진 얼굴을 보이고 싶지 않았지만 양쪽 볼을 감싸 돌리는 그의 힘을 이길 수가 없었다.

준성의 눈동자가 아주 가까운 곳에 있었다. 흑진주 같은 눈동자는 아주 깊어서, 돌을 던져도 흔들리지 않을 듯 고요했다. 그 고요한 검은 호수 안에 시현의 얼굴이 가득 차 있었다.

"내가 너의 가족이라는 걸."

그의 입술이 벌어지며 단단하고 묵직한 문장을 만들어냈다.

"나는 평생 널 버리지 않을 거고 배신하지도 않을 거야. 너는 내가 갇혀 있던 감옥 문을 열어줬고, 네 세상으로 날 이끌었어. 그러니까 내 세상은 바로 너야. 그걸 받아들여야 돼."

이번에 심장이 덜컹거리는 이유는, 그의 음성에 묻어 있는 애정 때문이었다. 어린 시절에 단 한 번도 받아보지 못한 농밀한 애정.

"나랑 같이 갈 놀이동산에서 넌 네가 보고 싶었던 그걸 보게 될 거야. 더는 부모 손을 잡고 놀러 온 꼬마를 질투하지도 않을 거고. 아니, 오히려 꼬마들이 널 질투하게 될 거야. 언젠가 우리 사이에 아이가 생긴다면 그 아이도 역시 너와 같은 걸 보고 느끼게 되겠지. 우린 그 애가 다른 사람을 질투하지 않을 만큼 행복하게 키울 거니까."

시현은 이상하다는 생각이 들었다. 어떤 폭력에도 울지 않았는데, 아무리 외로워도 우는 일이 없었는데, 다른 사람들에게 눈물을 보이고 난 후로는 시도 때도 없이 눈물이 터져 나왔다. 심지어 이렇게 행복한 순간에도.

그의 따스한 음성과 애정 넘치는 눈빛과 다정한 미소가 버거울 만큼 크게 부풀어 시현을 덮쳤다. 그건 무겁다기보다는 아주 아름다워서, 가슴이 저밀 정도로 아름다워서 시현은 작게 신음을 흘리며 눈물을 흘릴 수밖에 없었다.

준성이 두 팔을 뻗어 시현을 끌어안았다.

"네가 보게 될 그걸 나도 보고 싶어. 그러니까 우리, 평생 같은 곳을 보면서 걸어가자."

3

차 회장은 준성이 준 자료를 몇 번이나 읽어 보고 직접 알아보기까지 했다. 윤 의원에 관한 그 자료는 하나 뺄 것도, 더할 것도 없이 정확했다.

그 거짓말 같은 자료가 전부 진실이라는 걸 확인한 차 회장은 아들인 차민수를 불렀다.

"일단 그걸 읽어 봐라."

차민수는 하늘 같은 아버지의 명령을 따랐다. 자료를 읽는 차민수의 표정이 점점 변해 갔다. 처음에는 지루하다는 표정에서 놀랍다는 표정, 그다음에는 경악과 공포, 당혹감. 혼란스럽게 버무려진 여러 감정들을 끌어안은 눈으로 차민수가 차 회장을 쳐다봤다.

"회장님, 이건 대체…… 누가……?"

"네 아들놈이 캐냈더라."

"명성이가요?"

"아니, 인간 말고, 외계 생물 쪽."

"준성이가 알아냈다고요? 이걸?"

"그래."

"하…… 허어. 이게 아직까지 알려지지 않았다니……."

"소문은 있었지."

"물론 소문이야 있었죠. 하지만……."

차민수는 받아들이기 힘든 듯 고개를 저었다. 차 회장은 차민수의 마음을 이해했다. 자신도 그랬으니까.

"준성이가 뭘 요구했습니까?"

"대단한 걸 요구하기나 했겠냐? 제 여자 건드리지 못하게 해달라는 거지, 뭐."

"아아, 그 아이요."

차민수의 입가에 미소가 떠올랐다. 차민수가 실없이 웃는 법이 없다는 걸 아는 차 회장은 차민수의 미소에 놀라 눈을 크게 떴다.

"만나 봤느냐?"

"네, 만나고 왔습니다."

"······사람이더냐?"

차 회장이 조심스레 물었다.

"네, 사람이더군요. 아주 괜찮은 아가씨입니다. 해성 그룹으로 끌어들이고 싶을 만큼."

차민수는 시현과 만났을 때의 일을 간단하게 설명했다. 차 회장이 한숨을 쉬었다.

"그런 아가씨가 뭐가 부족해서 준성이를 만나는 거냐? 혹시⋯⋯ 해성 그룹의 며느리가 되고 싶어서 준성이랑 만나는 거 아닐까?"

"그럼 뭐 어떻습니까. 어쨌든 정상적인 인간인데."

"그래⋯⋯ 인간이면 되지, 인간이면."

"그나저나 회장님, 이 일은 어떻게 하실 겁니까? 이거 잘못 건드렸다가는 불똥이 될 수도 있습니다."

차민수가 수북한 서류 더미를 가리키며 물었다.

"네 아들놈이랑 약속했다. 자료를 보여 주면 해결해 주기로."

"그거야 그냥 모르는 척하면 되는 거고요."

"네 아들놈이 못 믿겠다며 나와 약속한 걸 녹음까지 해 가더라."

"……제 아들놈이 아니라 회장님 손자 놈입니다."

"어디 가서 그런 소리 마라."

"제가 말 안 해도 다들 아는데 어쩝니까. 그리고 전…… 웬만하면 그냥 좋게좋게 넘어가는 편이 나을 것 같습니다. 윤 의원도 이제 갈 날이 얼마 안 남았고…… 예나가 준성이를 가만 두지 않는 게 문제니까, 그건 윤 의원이랑 따로 얘기를 해서 조용히 넘어가는 게 낫지 않겠습니까. 어쩌면 긁어 부스럼이 될 수도 있습니다."

"글쎄다. 긁어 부스럼이 되지는 않을 게야. 윤 의원도 이제 슬슬 이빨이 빠지기 시작했거든. 우리 나이쯤 되면 권력을 휘두르면서 전면에 나서기보다는 조용히 뒤에서 조종하는 게 편해지지."

"그럼 회장님도 그만 회장직에서 물러나시죠? 젊은이들한테 뒤를 맡기고."

"관둬라. 나는 십 년은 더 있을 생각이다. 그리고 너도 늙었어."

"……."

차 회장이 자료를 집어 들고는 그걸로 자신의 무릎을 툭툭 쳤다.

"이런 좋은 건을 잡았는데 그냥 넘어갈 수는 없지. 윤가, 그놈이 자꾸 준성이 파혼 건으로 빈정거리는 것도 듣기 싫고. 이 건은 내가 알아서 할 테니까 혹시라도 윤가가 널 찾아가면 무조건 나한테 떠넘겨라. 찾아갈 일도 없겠지만."

4

차 회장은 아무도 모르게 윤 의원의 집을 방문했다. 사무실에서는 만난 적이 있지만 서로의 집을 오간 적이 없는 두 사람이었다. 그래서 윤 의원은 차 회장을 반갑게 맞아들였다. 아마도 차 회장이 자신에게 무릎을 꿇으러 왔다고 생각한 것이리라.

"이거, 이거. 차 회장이 여긴 웬일이신가? 요새 손주 때문에 마음도 많이 심란하실 텐데."

차 회장은 말없이 윤 의원을 쳐다봤다.

처음 만났을 때보다 많이 주름진 그 얼굴에서 차 회장 자신도 세월의 흐름을 느꼈다. 처음 만났을 때만 해도 앞날이 창창한 40대였다. 이렇게 오래도록 연을 이어갈 줄은 몰랐다. 그리고 그 연이 이토록 허무하고 지저분하게 깨어지게 될 줄도.

"몇 가지 제안을 하러 왔네."

"제안? 차 회장이 나한테 제안을 할 입장인가?"

윤 의원은 이 상황이 몹시 재미있는 듯 보였다. 앞으로 저 얼굴이 처참하게 일그러지겠지.

"뭐, 그래도 한 번 들어보지. 얘기해 보게나."

"오래전에 한강에 시체 하나가 떠내려왔었지. 고문을 당하고 죽은 시체여서 한동안 수사를 했는데, 가족이 없는 사람인데다가 범인을 찾을 수가 없어 흐지부지 마무리가 되었어. 뭐, 위에서부터의 압력도 좀 있었겠지만."

여기까지만 해도 윤 의원의 표정은 밝았다.

"왜 그런 이야기를 하나? 일 관두면 추리 작가라도 되려고 하는 겐가?"

"권희순."

느닷없이 튀어나온 이름 하나가 분위기를 바꾸었다. 윤 의원은 빈정대는 듯한 표정을 버리고 눈을 크게 뜬 채 차 회장을 바라봤다. 지금 자신의 행동이 모르는 사람이 봐도 수상쩍다는 것을 깨닫지 못한 듯.

"나한테 왜 이런 얘기들을 하고 있는지 모르겠군."

윤 의원이 간신히 표정을 누그러뜨리며 중얼거렸다. 그러나 목소리의 희미한 떨림이 그가 당황하고 있다는 것을 알려 주었다.

"그럼 또 다른 이야기를 해 볼까? 이건 좀 더 잔인한 이야기일세. 아마 사람이라면 다들 믿지 못할 거야, 이런 이야기."

"그런 얘기나 할 생각이면 나가! 내가 시간 없는 거 알면서 이러는 겐가?"

"듣게. 자네도 알아두는 게 좋을 일이니까. 이건 좀 더 오래 전에 일어난 일이야. 권희순 시체가 발견되기 한참 전에 강원도 산골에서 일어난 일이지. 그 당시에 강원도에 한 남자가 살다가 아무도 모르게 죽어갔다네. 그 남자는 아마도 우리랑 비슷한 나이일 거야. 그 동네에서는 드물게 성공한 케이스였지. 그 당시만 해도 그 남자가 졸업한 대학을 나오기만 하면 정계로 진출할 가능성이 컸으니까. 그런데 그 남자, 죽었어. 그리고 그 남자의 노모와 부인과 딸도 전부."

"그러니까 그 이야기를 왜 나한테 하느냔 말이다!"

윤 의원의 언성이 높아졌다. 차 회장은 윤 의원과 눈을 맞추려 했지만 갈피를 잡지 못하고 흔들리는 윤 의원의 눈동자는 고정될 기미를 보이지 않았다.

"권희순에 대한 이야기를 하려면 그 남자의 이야기부터 시작을 해야 하거든. 자네에게는 지루한 얘기일지도 모르겠네. 이미 다 알고 있는 일일 테니까. 자네도 사람이라면, 잊지 않고 몇 번이나 되새겼을 얘기니까. 하지만 그래도 듣게. 내가 뭘 알고 있는지, 자네도 아는 게 좋을 것 같거든."

윤 의원의 얼굴이 하얗게 질렸다.

"권희순에게는 권형순이란 이름의 동생이 있었네. 강원도를 주름잡고 있는 어느 조직의 간부였지. 강원도의 그 남자가 사망한 때와 비슷한 시기에 권형순은 칼부림 사건에 휘말려 사망을 했어. 그리고 자네가 정계에 발을 디뎠을 때쯤, 권형순 아래에 있었던 자들이 조직 간의 싸움에 휘말려 구십 퍼센트가 사망했지. 그래서 자네한테도 소문이 많았잖나. 조직이랑 관련해서. 내 오랜 친우가 그런 헛소문에 시달리는 게 싫어서 이것저것 알아봤는데, 놀랍게도 여러 가지 사실들이 얽혀 있더군. 조직뿐만 아니라 권형순, 권희순이라는 생전 들어 보지도 못한 인물들까지."

무릎 위에 놓인 윤 의원의 손이 바들바들 떨리고 있었지만 윤 의원은 그것을 깨닫지 못하고 있었다.

"권형순과 강원도 남자의 관계가 어떻게 시작된 건지는 잘 모르겠네. 아마 서로의 가족에 대해서 알 만큼의 친분은 있었겠지. 권형순은 탐욕과 야망이 있는 남자였네. 그러니 그런 어두운 세계가 아닌 더 높고 밝은 곳에서 권력을 휘두르고 싶었을 거야. 그때만 해도 지금보다는 신분 위조와 시체 처리가 쉬웠으니까, 권형순은 학벌 좋은 강원도 남자를 처리하고 자기가 그 남자 대신이 되어야겠다고 결심했지. 그리고 자기 아래에 있는 조직원들에게 계획을 얘기하고, 정계에 진출만 하면 한몫 단단히 잡게 해주겠다고 약속한 거야. 그 멍청한 놈들은 권형순의 얘기를 철석같이 믿었을 거고, 한편으로는 권형순의 약점이니까 여차하면 그 비밀을 갖고 협박하면 된다고 안일하게 생각했던 거지. 권형순이 얼마나 잔혹한 남자인 줄 모르고."

윤 의원은 아무 말도 하지 않았다.

"권형순은 강원도 남자를 죽였어. 그 남자의 가족들도 죽였지. 치매기가 있는 노모와 임신한 부인, 그리고 아무것도 모르는 세 살짜리 아들. 그 셋을 자기 욕심 때문에 잔인하게 죽여버린 거야. 그 후에 권형순은 강원도 남자로 신분을 바꾼 다음 정계에 진출하기 위한 발판을 조심스럽게 마련하기 시작했어. 하지만 늘 생각했겠지. 조직원들을 모두 믿을 수는 없으니까 언젠가는 제거해야겠다고. 권형순은 사람 보는 눈이 뛰어난 자였어. 잔혹하지만 머리는 좋았지. 권형순은 믿을 만한 몇 명을 추려냈고, 그놈들을 제외한 나머지 놈들은 조직 싸움이 일어났을 때 제거했어. 자기를 도와줬는데도 망설이지 않고. 권형순의 형인 권희순은 아마 텔레비전에서 동생을 봤을 거야. 동생이 다른 이름으로 정계에 진출해 있으니 놀랐겠지. 권희순은 집안 형편이 좋지 않아서 돈이나 빌려야겠다는 생각으로 권형순을 만나러 갔어. 하지만 권형순은 자신의 형조차도 걸림돌이 될 것 같으면 가차 없이 죽이는 인간이었지. 그래서 권희순은 죽었어. 여기서 강원도 남자의 이름을 밝혀야 할 필요가 있겠지. 윤해룡. 놀랍게도 자네랑 같은 이름이야."

차 회장은 말을 멈추고 작게 한숨을 쉬었다.

윤 의원은 저대로 숨이 멎은 게 아닐까 싶을 만큼 꼼짝도 않고 있었다. 그가 살아 있다는 걸 알려주는 것은 아주 조금씩 느리게 오르내리는 가슴뿐이었다.

방금 전 차 회장을 맞이한 사람과 동일 인물이 아닌 것처럼 여겨졌다. 그새 푸석푸석하게 변한 피부와 빛을 잃은 눈동자, 바짝 마른 입술. 생명이 빠져나간 것 같은 모습으로 윤 의원은 앉아 있었다.

"그렇게나 그 자리가 욕심나던가?"

윤 의원의 대답은 들려오지 않았다.

"어둠의 세계보다 그쪽 세계가 나은 것은 사실이지만…… 그래도 아무것도 모르는 어린아이의 생을 앗아가는 건, 정말 못 할 짓 아닌가?"

욕심 많은 윤 의원은 해성 그룹을 자신의 발아래에 두고 싶어 했다. 하지만 해성 그룹은 감히 윤 의원이 손댈 수 있는 기업이 아니었다. 윤 의원은 자신이 갖지 못한다면 아예 없는 게 낫다고 생각했는지, 사사건건 해성 그룹의 일을 방해했다. 얄미운 놈이었지만 이 순간 차 회장은 통쾌하다기보다는 씁쓸한 기분을 느꼈다.

준성이 알아온 것은 정황상의 증거뿐이었다. 너무 오래된 일이기에 실제적인 증거는 없었다. 몇 가지의 의문과 증거, 사건 기록을 가지고 끼워 맞춘 무너지기 쉬운 진실.

그러나 윤 의원은 허물어졌다.

옛날의 윤 의원이었다면 차 회장이 말하는 진실이 증명할 수 없는 진실이라는 것을 깨달았을 것이다. 그리고 끝까지 발뺌을 했으리라.

"내가 뭘 어떻게 하길 바라나?"

긴 침묵 끝에 먼저 입을 연 윤 의원의 얼굴에 비굴한 표정이 떠올랐다. 하늘이 무너진 듯한, 그러나 그 무너진 하늘 아래서라도 살고 싶어 하는 듯한 표정이 차 회장을 씁쓸하게 만들었다.

"자네는 많은 이들의 희생 위에 그 자리를 만들었어. 이제 그 자리에서 내려와 용서를 빌면서 살게. 다시는 정계에 나올 생각하지 말고, 뒤에서 조종할 생각도 하지 마. 그리고 로운 클럽과 관련해서 벌어진 모든 일들을 확실하게 무마시키게. 또, 두 번 다시는 해성 그룹의 관계자에게 손을 대지 않았으면 좋겠군."

"그게 전부인가?"

"그래. 오랫동안 권력을 휘둘렀으니 아름답게 사라지게나. 자네가 조금이라도 나설 기미가 보이면 이 모든 사실을 밖으로 드러낼 테니까."

"그럼…… 내가 조용히 있으면 절대 드러내지 않을 텐가?"

윤 의원은, 아니, 권형순이었던 잔인한 남자는 지푸라기라도 잡고 싶은 듯한 표정으로 차 회장을 쳐다봤다. 무릎을 꿇으라면 꿇고, 발등을 핥으라면 핥을 기세였다.

"그래, 자네가 하기에 달려 있네."

차 회장은 그새 10년은 더 늙은 것 같은 윤 의원을 두고 나오며 마지막으로 한마디를 남겼다.

"그리고 준성이랑 예나가 헤어진 건, 자네 손녀가 우리 손자를 배신했기 때문이야!"

윤 의원이 어떤 식으로 사건을 무마할지는 모르겠다. 하지만 하나만은 확실했다. 윤 의원은 그동안 벌어진 모든 사건의 책임을 오로지 예나에게만 덮어씌울 것이다.

자신이 저지른 것 이상의 죄를 뒤집어쓰게 될 예나가 안쓰럽기는 했지만 곧 그 생각을 떨쳐냈다. 예나가 준성의 연인이라는 아이에게 한 짓을 명성과 민희를 통해 들었다. 그건 정정당당한 승부가 아니었다. 만나본 적도 없는 아이가 불쌍하다는 생각이 들 정도였으니까.

차 회장은 깊은 한숨을 내쉬며 차에 올랐다.

5

예나는 눈을 부릅뜨고 자신의 할아버지를 노려봤다. 도대체 무슨 말을 하는지 전혀 모르겠다는 듯. 아니, 실제로도 무슨 말을 하는지 알 수 없었다.

"그게…… 무슨 말씀이세요…… 할아버지……?"

농담 한 번 한 적 없는 윤 의원이지만 이번만큼은 짓궂은 농담일 거라고 생각했다.

"말했잖느냐. 아무리 생각해도 로운 클럽을 상대로 꽃뱀 사건 같은 걸 조작해 몰아붙이는 건 위험 부담이 크니, 지금이라도 진실을 밝히는 게 낫겠다고."

"그, 그게 무슨 말씀이세요? 위험 부담이 크다니요? 다 잘되어가고 있잖아요!"

평정심을 유지하려 했지만 목소리가 떨렸다.

예나는 윤 의원이 왜 이러는 건지 도무지 알 수 없었다. 로운 클럽 꽃뱀 사건은 사람들의 관심을 잃어가는 중이었다. 이대로 가만히 있으면 벌어진 적도 없는 일처럼 기억에서 사라지리라. 물론 결혼 정보 회사에 가입하려는 사람들은 잊지 않겠지만.

로운 클럽에서 일부러 그 사건을 다시 한 번 끄집어낼 일도 없었다. 이제 와서 로운 클럽이 관계없다는 증거를 들이밀어 봐야, 사람들은 '로운 클럽 사장이 해성 그룹 핏줄이니, 해성 그룹에서 무마시키려고 돈을 쓴 모양이야.'라고 생각할 것이다. 준성도 사람들이 어떤 반응을 보일지 알 테니 예나가 또

한 번 같은 것으로 공격하지 않는 이상은 일부러 움직일 리 없었다.

"로운 클럽은 건드리는 게 아니었어……."

윤 의원이 고개를 저었다.

"왜요? 준성이 오빠가 할아버지한테 무슨 짓이라도 했어요? 그런 거예요?"

"그 어린 것이 나에게 무슨 짓을 할 수 있겠느냐? 그저 네가 과거의 인연을 끊지 못해서 질투를 하는 게 잘못된 거지. 네가 먼저 배신해놓고 그 아이 하는 일까지 방해를 하니, 남들이 알면 윤씨 가문을 뭐라고 생각하겠느냐."

"배신이라니요! 절 배신한 건 준성이 오빠예요. 할아버지도 아시잖아요!"

예나는 자신의 할아버지가 노망이라도 든 게 아닌지 걱정이 됐다. 예나가 계획을 말했을 때 누구보다도 기뻐하며 힘을 빌려 주겠다고, 이 기회에 준성의 콧대를 납작하게 눌러 주라고 한 사람이 바로 윤 의원이었다. 그런데 아무것도 문제 될 게 없는 이런 때에 갑자기 사실을 밝히라고 하는 윤 의원의 의도를 알 수 없었다.

"그 모든 걸 네가 했다고 밝히거라. 네가 못 하겠다면 내가 대신해 주마."

"할아버지! 할아버지도 도와주셨잖아요! 할아버지가 나서서 도와주신 일이잖아요! 제가 모든 걸 한 게 아니에요. 그렇지 않아요?"

예나가 언성을 높이자 윤 의원이 예나를 응시했다. 윤 의원과 눈이 마주치는 순간, 예나는 팔뚝에 소름이 돋았다. 뱀처럼 차가운 눈빛. 아무리 혈연관계에 있어도 언제든 죽일 수 있다는 냉혹한 눈.

예나는 윤 의원의 생각이 확고하며, 모든 것을 예나에게 덮어씌우리라는 것을 깨달았다. 예나가 아무리 발버둥을 쳐도 윤 의원의 계획을 벗어날 수는 없을 것이다.

온몸이 부들부들 떨렸다. 윤 의원의 태도 변화를 이해할 수가 없었다.

'도대체 왜……!'

"내 손녀가 남을 모독했으니 나도 정계에서 내려올 생각이다. 모욕을 당하는 건 아주 잠시다. 네가 그 짓을 저질렀다는 사실도 잠깐만 반짝하고 묻혀 버리겠지. 그러니까 앞으로 조용히 살고 싶으면 입 다물고 있거라."

"할아버지……."

온몸이 차게 식었다. 예나는 이 상황이 어떻게 흘러가는 건지 도저히 가늠할 수가 없었다.

"전부…… 잘되고 있잖아요…… 잘못된 거 하나도 없잖아요. 꽃뱀 사건이 다시 대두되는 일은 없을 거라는 것도 아시잖아요. 도대체…… 이러시는 이유가 뭐예요? 이유라도 좀 알려 주세요."

"이유는 아까 말했잖느냐. 네가 하지 말아야 할 짓을 했다고."

"……."

예나는 마른침을 삼켰다. 그건 이유가 되지 않았다. 그 어떤 비열한 짓도 서슴지 않고 해온 윤 의원이다. 그런 윤 의원이 이렇게 나오는 데에는 그럴 만한 이유가 있는 게 분명했지만, 예나는 그것을 알 수 없었다.

"저는…… 못 해요, 할아버지. 저 혼자 죽진 않을 거예요. 할아버지가 저지른 비리, 저도 대부분 알고 있어요. 제가 무너지면 할아버지도 무너져요. 제가 이대로 물러설 줄 알아요? 절 우습게 보지 말아요, 할아버지!"

윤 의원의 얼굴에 언뜻 미소가 떠올랐다. 그것은 차가운 한편 쓸쓸하기도 한 미소였다.

"내 손녀가 정신병에 걸렸다는 시나리오까지는 사용하고 싶지 않구나. 평생 갇혀서 살고 싶지 않으면 내 뜻에 따르거라."

하늘이 무너졌다.

예나는 윤 의원이 그런 짓을 불사하리라는 것을 알았다. 예나가 입 한 번 잘못 놀리면 순식간에 정신병자가 되어 갇히게 되리라. 적어도 윤 의원이 죽기 전까지는 그곳에서 살아야 하겠지. 어쩌면 윤 의원이 죽은 후에도.

부들부들 떠는 자신의 손녀를 윤 의원은 감정 없이 지켜봤다. 예나는 울어도 윤 의원의 마음을 돌릴 수 없다는 걸 깨달았다. 아무리 이유를 물어도 윤 의원이 진짜 이유를 알려 주지 않으리라는 것도.

"알겠습니다, 할아버지."

예나는 고개를 숙였다.

"할아버지 뜻대로 하세요. 다만…… 저는 못 하겠으니 할아버지께서 알아서 해 주세요. 전…… 남편이랑 미국으로 떠날 준비를 하겠습니다."

예나는 몇 번이나 쓰러질 뻔하며 집으로 돌아왔다. 배신감과 분노, 그리고 당혹감이 혼란스럽게 덮쳐와 정신을 차릴 수

없었다. 윤 의원이 자신을 버릴 줄은 꿈에도 몰랐다.

집으로 돌아오는 내내 알고 싶지 않았던 진실이 보였다.

'난 힘이 없었어.'

자신의 것인 줄 알았던 그 힘이 사실은 자신의 것이 아니었다. 그 힘은 모조리 윤 의원의 것. 예나는 그것을 받아먹는 기생충에 불과했다. 숙주가 떼어내면 몸부림치다가 죽을 수밖에 없는 기생충.

사무치는 허무함이 예나의 심장을 조였다.

'대영 오빠……'

이런 상황에서 보고 싶은 사람이 대영이라는 게 이상했다. 별거 없는 집안, 별거 없는 능력을 가진 남자에게 위로받고 싶다는 생각이 드는 게 신기했다.

아마도 그것은 확신 때문이리라. 윤 의원은 예나를 버렸지만 대영은 그러지 않을 거라는 확신. 모든 것을 잃은 예나까지도 사랑해 줄 거라는 믿음. 오래전에 보여줬던 애정 넘치는 다정한 미소를 또다시 지어 줄 거라는 신뢰.

서둘러 집에 들어간 예나는 휴대폰을 꺼내 대영에게 전화를 걸었다. 그러나 예나의 귀에 들려오는 것은 통화 연결음이 아닌 '이 번호는 없는 번호이오니……'라는 귀에 익은 여성의 음성뿐이었다.

잘못 건 줄 알고 몇 번이나 다시 통화 연결 시도하던 예나의 눈에 편지가 들어온 것은 집에 들어오고 10분쯤 지났을 때였다. 곱게 접은 편지. 휑뎅그렁한 테이블 위에 홀로 놓여 있는 편지의 모습에 심장이 철렁 내려앉았다. 그럴 리가 없다는 것을 알면서도 예나는 떨리는 손을 뻗어 편지를 집어 들었다.

몇 번 본 기억이 있는 글씨체는 대영의 것이었다. 꾹꾹 눌러 쓴 듯한 강한 필체의 글씨. 예나는 그것이 만들어낸 내용을 이해하기 힘들어 한참 동안 편지지를 노려봤다. 편지지가 자신의 가장 커다란 적이라도 된다는 듯이.

> 나는 너를 행복하게 해 줄 수 있다는 자만심에 빠져 있었어. 하지만 이제는 아니야. 나는 널 행복하게 해 줄 수 없고, 그걸 뼈저리게 깨달았다.
> 나는 이렇게 도망치지만 누군가 너를 행복하게 해 줄 수 있으면 좋겠다.
> 이혼 서류는 준비되는 대로 보내도록 할게.
> 안녕.

대영이 남긴 편지의 뜻을 이해하게 된 순간, 예나는 깨달았다.

이제 자신에게 남은 건 아무것도 없음을.

Hello Wedding

1

 토요일 오전, 막 일어나 샤워를 끝냈을 때 정후가 찾아왔다. 회색 정장을 입은 정후는 왠지 피곤해 보였다. 시현은 그게 자기 때문인 것 같아서 죄책감이 들었다.
 "이른 아침부터 죄송합니다, 시현 씨. 사장님 명령이라서요."
 "네, 무슨 일이세요?"
 "혹시 오늘 뉴스 보셨습니까?"
 "뉴스요? 또 무슨 일이 생긴 건가요?"

심장이 철렁 내려앉았다. 순식간에 핏기가 빠져나간 시현의 얼굴을 보며 정후가 작게 웃었다.

"일이라면 일이겠지요. 일단 뉴스부터 보셔야겠네요."

시현은 정후가 웃는 것을 보지 못했다. 예나가 또 무슨 일을 벌인 거라고, 매너 좋은 정후가 주말 이른 아침에 찾아오게 할 만큼 큰일을 벌인 거라고만 생각했다. 서둘러 거실로 들어가 텔레비전을 켰다. 어느 채널이냐고 물어볼 필요도 없었다. 속보가 나오고 있었다.

얼마 전 사회적인 문제로 대두되었던 R 클럽의 꽃뱀 사건이 사실 R 클럽 사장의 옛 연인이었던 윤 모 씨의 조작에 의한 것으로 드러났다는 뉴스였다.

오래전 R 클럽의 사장인 차 모 씨와 연인 관계였던 윤 모 씨는, 차 모 씨에게 연인이 생기자 질투심 때문에 그런 일을 저지르게 되었다. 윤 모 씨의 할아버지인 윤 의원은 그 사실을 알게 된 후, 죄 없는 사람에게 죄를 뒤집어씌운 손녀의 잔혹한 만행에 실망감과 죄책감을 느껴 의원직을 사퇴하기로 했다고 밝혔다. 윤 모 씨와 그 남편 성 모 씨는 현재 이혼 절차를 밟고 있으며, 윤 모 씨는 수요일 저녁 미국으로 도피했다고 알려졌다.

"이건……?"

시현은 어느새 옆에 와 서 있는 정후를 올려다봤다.

"시현 씨 죄가 아니라는 게 밝혀졌습니다. 이제 조만간 시현 씨를 인터뷰하러 올 겁니다."

"그런데 윤 의원이라는 사람, 윤예나 할아버지 아닌가요? 제가 듣기로는…… 그 사람도 이번 사건에 대해서 윤예나에게 손을 빌려 줬다고 했던 것 같은데……."

"손을 빌려 준 것뿐만이 아니라, 팔십 퍼센트 이상 윤 의원의 뜻대로 흘러갔던 거겠죠."

"그런데 왜 저런……? 저건 다 윤예나가 잘못한 것 같잖아요."

"네, 그게 낫거든요. 윤예나에게도, 윤 의원에게도."

정후가 씁쓸하게 웃었다.

"윤 의원은 손녀가 지은 죄를 자신의 탓이라고 생각한다며 의원직을 사퇴했습니다. 속사정을 모르는 사람들에게는 윤 의원의 행동이 아주 정의롭게 보이겠지요. 윤 의원이 사퇴한 후에도 그가 지난 세월 동안 쌓아 올린 권력은 쉽게 무너지지 않을 겁니다. 윤예나 역시 한국에선 힘들겠지만, 해외에선 그 혜택을 충분히 누릴 수 있을 거고요."

"아아…… 그런 건가요?"

"네. 윤예나랑 윤 의원이 시현 씨에게 한 짓에 비해서 벌이 너무 형편없죠?"

"아니요, 충분해요. 손에 쥐고 있는 것을 잃는 것보다 더 끔찍한 건, 생각지도 못한 사람에게 뒤통수를 맞는 거잖아요."

"그건 그렇죠."

"우리 사장님이 뭔가를 하신 거죠?"

"그럴 수도 있고, 아닐 수도 있지요."

정후가 확실치 않은 대답을 했지만 시현은 저 뉴스의 뒤에 준성이 있을 거라고 확신했다. 앞으로 예나가 건드리는 일 없을 거라며 단호하게 말하던 그의 목소리가 떠올랐다.

윤 의원이 어디까지 알고 있는지는 모르겠지만, 자기가 권력을 내려놓아야만 했던 이유가 한참 어린 준성 때문이라는 것을 알게 되면 원통해서 잠을 이루지 못할 것이다. 아마 예나도 마찬가지이리라.

"설마…… 윤예나가 안됐다는 생각을 하고 계신 건 아니겠죠?"

정후가 물었다.

"그럴 리가요. 전 제가 생각했던 것보다 더 못된 것 같아요. 지금 엄청 고소하다고 생각하고 있거든요. 윤예나가 미국으로 도망칠 돈도 없었으면 더 좋았을 거라는 생각도 하고 있고요. 진짜 못됐죠?"

"그 정도면 무난하네요. 저도 같은 생각을 하고 있으니까요. 뭐, 어쩌면 저도 진짜 못된 놈일지도 모르죠."

정후가 웃자 시현도 정후를 마주보며 가볍게 웃었다. 아주 오랜만에 웃는 것 같은 기분이 들었다. 입가의 근육이 굳어서 다시는 웃지 못할 거라고 생각했는데, 웃는 건 생각보다 쉬웠다. 좋은 사람이 진심으로 웃으면 이렇게 따라 웃게 되니까.

"그럼 이 뉴스를 보여 주려고 여기까지 직접 오신 거예요? 그냥 전화하셨어도 됐는데."

"아, 이것 때문이 아니라……."

정후의 표정이 짐짓 심각해졌다. 정후의 얼굴에 다시 피곤한 기색이 떠올랐다.

"사장님이 시현 씨를 모시고 오라고 했습니다."

"사장님 댁으로요?"

"아니요. 저…… 놀이공원으로요."

"놀이공원이요?"

며칠 전 놀이공원에 대해 이야기하던 그의 달착지근한 목소리가 떠올랐다. 아주 많이 다정해서 듣는 것만으로도 눈물이 나게 했던 목소리.

"그럼 내려가서 기다릴 테니 준비되면 전화주세요. 아, 모자를 꼭 챙기세요. 챙이 넓은 걸로."

정후는 모자를 챙기라는 대목에 강세를 주며 말했다. 정후가 나간 후, 옷을 갈아입으며 창밖을 내다봤다. 이제 초여름 날씨로 변한 하늘엔 유리 한 장을 사이에 두고도 그 뜨거움이 고스란히 전해지는 태양이 빛나고 있었다. 자외선까지 걱정해주는 정후의 마음 씀씀이에 감동했다.

청바지를 입고 후드 티셔츠를 걸쳤다. 정후가 말한 대로 모자도 챙겼다.

아직 새울의 일이 완전히 치유된 것도 아니건만, 놀이공원에 갈 준비를 하는 마음이 설레는 게 신기했다. 이건 아마도 받아들였기 때문이리라.

준성의 말대로 시현은 받아들이기 위해 노력했다. 이미 오래전에 버림받았음을. 내 편이 되어 줄 가족 같은 건 처음부터 없었다는 괴로운 과거와 더불어, 그 사실은 아무리 거부해도 바뀌지 않으리란 것까지 전부. 그리고 하나를 더 받아들였다.

'이제는 사장님이 내 옆에 있어.'

그래서 좋은 기억이라곤 하나 없는 놀이공원에 가게 되었다는 게 설레고 즐거웠다. 그때와는 전혀 다른 기분을 느끼게 될 거라는 걸 시현은 확신했다.

정후는 집 앞에서 기다리고 있었다.

"이제 원래 제 집으로 돌아가야겠어요."

놀이공원으로 향하며 시현이 말했다.

"네, 준비해 두겠습니다."

정후는 딴생각을 하는 듯 건성으로 대답했다. 좀처럼 볼 수 없는 모습이기에 시현은 정후에게 말 못 할 문제가 있을 거라는 생각이 들었지만 쉽게 물어볼 수가 없었다. 운전하는 정후의 표정이 함부로 건드릴 수 없을 만큼 심각했기 때문이다.

놀이공원에 가까워질수록 정후의 표정은 점점 굳어 갔고, 놀이공원 간판이 보이기 시작할 무렵에는 아예 도망치고 싶어 하는 것처럼 보였다. 혹시 정후도 놀이공원에 아픈 추억이 있는 게 아닐까? 저 심지가 굳은 사람이 표정을 일그러뜨릴 만큼.

"저, 비서님…… 혹시……."

"시현 씨."

참다못한 시현이 용기를 내서 입을 열었을 때, 정후도 입을 열었다. 다른 때라면 '시현 씨 먼저 말씀하세요.'라고 배려할 정후가 이번엔 그러지 않았다.

"저랑 약속해 주셔야겠습니다."

정후가 전에 없이 강경한 어조로 말했다.

"약속이요?"

"네, 시현 씨. 무슨 일이 있어도…… 우리 사장님, 버리지 마세요."

시현은 당황했다. 준성을 버리다니, 그런 일은 절대로 없겠지만 정후의 얼굴을 보니 쉽게 약속의 말을 꺼내기 힘들었다. 정후는 야수의 성으로 딸을 데리고 가는 아버지처럼 죄책감과 초조함에 어쩔 줄 몰라 하는 표정을 짓고 있었다.

"저기, 그게 무슨……."

"어서요, 시현 씨. 약속해 주세요."

정후가 닦달했다. 시현은 그런 정후의 기세에 밀렸다.

"네, 그럼요. 제가 왜 사장님을 버리겠어요."

"약속한 겁니다? 인간 대 인간으로서."

"그, 그럼요……."

그제야 정후가 눈에 띄게 안도했다.

시현의 가슴 한구석에서 불안감이 싹트기 시작했지만 시현은 애써 무시했다. 윤예나도, 윤 의원도 해결된 마당에 더는 끔찍한 일이 벌어지지 않을 거라고 생각했다.

놀이공원 앞에 차를 세운 정후는 내리는 시현에게 말했다.

"시현 씨, 이건 기억해 두셨으면 합니다. 저는 끝까지, 마지막 순간까지 반대했습니다. 제가 마지막 한 사람이었습니다."

"네?"

"그럼 가 보겠습니다. 모자는…… 준비하셨겠죠?"

정후는 시현이 뭔가 물어보기도 전에 서둘러 그곳을 떠났다. 준성과 시현이 만날 때면 몇 시간이고 대기하고 있던 정후가 도망치듯 떠나는 모습에 시현은 당황했다.

'비서님, 정말 왜 저러시지?'

시현은 고개를 갸우뚱하며 놀이공원 입구로 걸어갔다. 기다리고 있을 줄 알았던 준성은 보이지 않고, 민희와 명성이 시현을 기다리고 있었다. 놀이공원은 여럿이 같이 노는 게 재미있으니 두 사람이 마냥 반가웠다.

하지만 두 사람에게 다가갈수록 시현은 다시 불안해지기 시작했다. 민희가 정후와 비슷한 표정을 짓고 있었기 때문이다.

그나마 명성이 평소와 다름없다는 게 위안이 되었다.

"민희야, 명성 오빠."

"시현아. 나는 널 아주 많이 좋아해."

인사를 하기도 전에 민희가 말했다. 민희는 시현의 양쪽 어깨를 부여잡고 더없이 진지한 눈으로 시현을 바라봤다.

"정말이야. 아주 많이 좋아해. 하지만 난…… 역시 재미를 선택할 수밖에 없었어."

"재미?"

"응. 미안해."

"그거야 뭐…… 같이 놀면 좋지. 원래 여러 명이 같이 노는 게 재미있잖아. 난 꼭 사장님이랑 단둘이 데이트하고, 그런 걸 좋아하는 건 아닌데."

시현의 순수한 발언에 민희가 울 것 같은 표정을 지었다.

"미안해, 시현아. 난 역시…… 우정보다는 재미인가 봐!"

민희는 죄책감을 이기지 못하겠는지 시현을 버려두고 도망치듯 놀이공원 안으로 들어가 버렸다. 시현은 눈을 휘둥그레 뜨고 인파 속으로 사라지는 민희의 뒷모습을 쳐다봤다.

쟤가 왜 저래?

정후와 민희의 기이한 행동을 도저히 이해할 수가 없었다.

"가실까요?"

혼란스러워하던 시현은 명성의 목소리에 겨우 정신을 차렸다. 명성은 늘 그렇듯 산뜻한 미소를 짓고 있었다. 불안함이 조금 가셨다.

"네, 오빠. 그런데…… 다들 왜 저러는 거예요? 김 비서님도 그렇고, 민희도 그렇고……."

"원래 사람에게는 죄책감과 동정심이라는 게 있거든요. 그게 사람을 다른 짐승과 다르게 만들어주는 거지요."

의미를 파악할 수 없는 대답이었다.

"그런데…… 우리 어디 가는 거죠?"

명성은 놀이공원 입구가 아닌, 입구 근처의 기념품 매장으로 시현을 이끌고 있었다.

"들어가기 전에 약간의 준비가 필요해서요."

"약간의…… 준비요?"

다시 불안감이 싹텄다.

"네, 아무래도 놀이공원이니까요."

"저…… 커플룩은 싫은데요."

"압니다."

"정말로요."

"그런 거 아니니 걱정하지 마세요."

"……사장님은 어디 계세요?"

"차 사장은 안에서 기다리고 있습니다."

"저기, 오빠. 괜찮은 거죠?"

"그럼요."

명성이 싱긋 웃었지만, 한 번 싹튼 불안감은 사라질 생각을 하지 않았다. 시현에게 명성은 늘 최고의 친구였지만, 민희는 언제나 명성을 '음흉스러운 너구리'라고 말하곤 했다.

속내를 알 수 없는 너구리.

오늘 처음으로 명성이 너구리로 보였다.

집을 나설 때의 설렘과 즐거움은 사라진 지 오래였다. 시현은 심장이 쿵덕거리는 불안감을 안고 기념품 매장으로 들어갔다.

정장 차림의 여성들이 시현을 기다리고 있었다. 아무리 좋게 봐도 기념품 매장의 직원들은 아니었다. 준성이나 명성이 준비해 둔 사람인 것 같았다.

"저기, 오빠……."

"시현 씨. 이건 전부 차 사장 생각입니다."

"아, 그러니까 그 생각이 대체……."

"저는 말렸습니다. 물론 남녀관계에 끼어드는 건 아니라고 배워서 오래, 끈질기게 말리지는 못했지만요."

말렸다고?

아까 정후도 그런 말을 했다. 마지막까지 반대했다고.

가장 평범한 사람인 정후가 끝까지 반대했다는 건, 준성이 계획하는 그것이 평범하지 않다는 뜻과 일맥상통했다.

시현은 도망치고 싶었다. 하늘은 더 이상 밝지 않았다.

"저, 집에 갈래요."

"무슨 그런 서운한 말씀을…… 자, 여러분. 준비해 주세요."

"자, 잠깐만요, 오빠!"

"다시 한 번 말씀드리지만…… 이건 절대로 제 생각이 아닙니다."

"오빠아아아아!"

시현이 절규했지만, 명성은 매몰차게 돌아서서 기념품 가게를 나갔다. 시현은 정장 차림의 여성들에게 붙잡혔고, 여자들의 힘이 생각보다 세다는 것을 몸으로 직접 체감하며 30분 동안 그들의 손에 농락당하는 수밖에 없었다.

30분 후.

시현은 기념품 가게 앞에서 기다리고 있는 명성과 조우했다. 시현은 생기를 잃은 얼굴로 명성을 올려다봤다. 명성이 싱그러운 미소를 지었는데, 시현의 눈엔 그저 '음흉스러운 너구리'로만 보였다. 민희가 그랬던 것처럼.

"오빠……."

"아름답습니다, 시현 씨."

"……오빠."

"정말입니다. 자, 그럼 가실까요?"

"가긴……."

시현은 폭발했다. 지금 이 순간, 시현의 머릿속에는 시현을 버린 가족이라든가, 윤예나라든가, 성대영이라든가…… 그런 건 아무것도 남아 있지 않았다.

"가긴 어딜 가요! 이 꼴을 하고! 이게 뭐예요! 왜 제가 난데없이 이집트 여왕의 복장을 하고 있어야 하는 거냐고요!"

가게 안의 여성들은 시현을 이집트 여왕으로 바꿔놓았다. 이집트 여왕이 입던 수수한 듯하면서도 화려한 옷과 무겁고 눈에 띄는 장신구, 고대 이집트 여왕의 헤어스타일로 만든 가발, 그리고 눈초리를 길게 뺀 화장법까지.

시현은 자신이 이곳에 있어서는 안 된다고 생각했다.

"시현 씨, 오늘은 좀 봐주세요. 그동안 시현 씨가 힘이 없어서 준성이가 많이 고민했거든요."

명성이 어쩔 수 없었다는 듯 웃으며 말했다.

"창피하시겠지만, 오늘만 준성이 뜻에 따라주세요."

명성이 이렇게 나오니 마음이 약해졌다.

그동안 시현이 축 늘어져 있는데도 힘내라고 닦달 한 번 하지 않았던 준성이 떠올랐다. 먼저 좋아하면 지는 거라고, 이번에도 어쩔 수 없었다. 이 꼴을 하고 사람 많은 토요일의 놀이공원을 돌아다니는 건 죽어도 싫지만 준성이 고민 끝에 준비한 거라면 한 번쯤은 창피함을 무릅써도 되겠다는 생각을 했다.

그래, 그저 코스프레일 뿐이라고 생각할 테니까.

"알겠어요. 제가 사장님 걱정시킨 건 사실이니까요."

"즐거울 거예요."

"그건 모르겠네요."

시현은 한숨을 쉬며 명성의 뒤를 따랐다.

"설마…… 사장님도 이집트 왕 복장을 하고 있는 건 아니겠죠?"

"에이, 아닙니다. 커플룩은 아닐 거라고 했잖아요."

"……차라리 커플룩이 낫겠다 싶네요."

놀이공원 입구에서 대기하고 있던 사람들이 시현을 쳐다봤다. 어차피 한 번 보고 말 사람들인데도 부끄러워져서, 시현은 명성의 뒤에 몸을 숨겼다.

"사장님은 어디 계세요?"

"안에서 기다리고 있습니다."

"……코스프레에 대해서 깊이 생각해 본 적이 없는데, 오늘 처음으로 코스프레를 하는 분들이 존경스러워졌어요."

"다 이런저런 경험을 하면서 성장하는 거죠."

"그냥 평생 어린애로 남아 있고 싶네요."

시현은 지금 당장 지구가 멸망했으면 좋겠다는 극단적인 생각까지 했다.

'그래도 잠깐만 참으면 되겠지. 그래, 코스프레야 코스프레. 야외 가장 파티라고 생각해도 되고.'

시현은 간과하고 있었다. 준성이 시현의 생각처럼 호락호락한 남자가 아니라는 것을.

명성의 말대로 준성은 안에서 기다리고 있었다. 다만 준성은 혼자가 아니었다.

명성의 말대로 준성과 시현은 커플룩이 아니었다. 다만 준성은 이집트 노예의 복장을 하고 있었다.

시현은 아무리 준성을 사랑해도 도망쳐야 하는 순간이 있다는 걸 알게 되었다. 지금이 바로 그 순간이라는 것도. 지금 당장 모르는 사람인 척 돌아서서 도망쳐야 하는데, 명성이 막는다면 그 팔을 깨물어서라도 도망쳐야 하는데 몸이 움직이지 않았다.

시현은 준성을 보는 순간 얼어붙어서 스스로의 힘으로 움직일 수 없는 지경이 되었다. 그 자리에서 혼절하지 않은 것만으로도 다행이었다.

"왔어?"

준성이 다가왔다. 낙타를 끌고.

"낙타……네요."

시현은 자기가 말을 하고 있다는 것도 깨닫지 못했다.

"응, 낙타야."

"살아 있는…… 낙타요……."

"응, 살아 있는 낙타."

"혹이 두 개……."

"응, 혹이 두 개."

악몽이야!

시현은 생각했다.

이건 악몽이야. 이게 현실일 리 없어. 내가 사랑하는 남자가 이집트 노예 복장을 하고, 살아 있는 쌍봉낙타를 데리고 놀이공원에서 기다릴 리가 없잖아! 그러니까 이건 악몽이야!

"앉아."

준성이 낙타에게 명령했다. 낙타는 말을 듣지 않았다.

저 낙타가 앉는 순간, 그다음에 벌어질 일은 뻔하기에 시현은 속으로 낙타를 응원했다.

앉지 마, 내 악몽 속의 쌍봉낙타야. 지금 앉으면 너는 낙타로서의 자존심을 버리게 되는 거야! 이런 낯선 땅에서 네 의지를 허물어뜨리지 마!

"얘가 안 앉아."

준성이 명성에게 도움을 청했다. 명성은 걱정 말라는 듯 웃으며 손뼉을 쳤다. 어디선가 나타난 사람들이 발판을 가지고 왔다. 시현은 명성이 윤예나보다 더 싫어졌다.

계단식으로 된 발판이 낙타의 옆에 놓였다.

"타."

준성이 흡족한 듯 말했다.

시현은 생각했다.

'비서님, 죄송해요. 비서님과의 약속을 못 지킬 것 같아요. 비서님도 이해해 주실 거죠?'

정후라면 이해해 줄 게 분명했다.

시현은 돌아서려 했지만 다리는 역시 움직이지 않았다. 현실이 아닌 것 같은 장면을 현실에서 목격하는 순간, 근육이 의지를 잃은 듯했다.

"무서워하지 않아도 돼."

준성이 말했다.

'전 사장님이 더 무서워요!'

시현은 소리를 치고 싶었지만 이젠 목소리도 나오지 않았다. 준성이 너그럽게 웃으며 시현의 손목을 잡아 발판으로 이끌었다. 시현은 버텨보려 했지만 힘이 들어가지 않아서 결국은 준성에게 끌려가는 수밖에 없었다.

도살장에 끌려가는 듯한 시현의 모습을 보며 명성과 민희가 웃고 있었지만, 그것도 깨닫지 못할 만큼 지금 시현은 제정신이 아니었다.

결국 시현은 쌍봉낙타에 올랐고 모든 사람의 주목을 받게 되었다.

준성이 고삐를 잡았다.

"돌아보자."

"제발요, 사장님."

간신히 목소리를 냈다.

"이러지 마세요. 그냥 우리 커플룩을 입는 건 어때요?"

시현은 정후가 왜 챙이 넓은 모자를 준비하라고 했는지 깨달았다. 하지만 이미 늦었다. 그 모자는 아까 기념품 가게에서 만난 여자들에게 강탈당했다. 이럴 줄 알았으면 목숨보다도 더 소중히 챙겼을 텐데.

"즐겁지 않아?"

"사장님은 즐거우세요?"

"응, 즐거워."

준성이 웃었다. 황송할 정도로 매혹적인 미소였지만 시현의 눈엔 그저 '음흉한 나무늘보의 웃음'으로만 보였다.

"안 창피하세요? 그렇게 입었는데……."

"왜 창피해? 주위를 둘러봐."

"별로 둘러보고 싶진 않은데요."

"다들 널 질투하고 있어."

"……저게 질투일까요?"

놀이공원 안, 모든 사람들의 시선이 두 사람에게 향해 있었다. 그들은 시현과 준성이 기이한 생물체라도 되는 것처럼 신기하다는 시선을 던졌다. 몇몇 어린아이들은,
"엄마, 저거 이상해. 무서워."
라며 칭얼거리기까지 했다.
"넌 모든 어린이들의 질투를 받고 있어."
문득 얼마 전 준성이 했던 말이 떠올랐다.

오히려 꼬마들이 널 질투하게 될 거야.

시현은 말해 주고 싶었다.
'그냥 제가 질투하면서 사는 게 낫겠어요!'
하지만 그럴 수 없는 건 낙타를 끄는 준성의 표정 때문이었다. 준성은 가슴이 촉촉해질 만큼 진지했고, 웃음이 나올 만큼 즐거워 보였다. 그래서 도저히 화를 낼 수가 없었다.
"아, 사장님……."
사람들의 따가운 시선이 꽂히는데도 웃음이 터져 나왔다.
"아하하하하하하. 아, 진짜 사장님……."
시현은 낙타의 목에 얼굴을 묻고 키득키득 웃었다. 갑자기

터져 나온 웃음을 참을 수가 없었다.

사랑하는 이 남자는 왜 이렇게 엉뚱한 건지, 그리고 또 왜 이렇게 진지한 건지…….

어떻게 하면 시현이 모든 어린이의 질투를 한몸에 받을 수 있을까 고민했을 준성이, 그 고민 끝에 이런 해답을 얻었을 준성이 가슴 저리도록 사랑스러웠다.

준성이 고삐를 잡은 채 고개를 돌려 시현을 쳐다봤다. 그의 얼굴에 햇살 같은 미소가 번졌다. 그 햇살이 부드럽게 번져 나가 시현의 주위를 감쌌고, 또 더 넓게 퍼져 나가 놀이공원 전체를 덮었다.

그 반짝거림에 눈이 부셨다.

어린 시절 부모님 손을 잡고 놀이공원에 왔던 아이들이 봤을 그 찬란한 광경이 시현의 앞에 펼쳐졌다. 시현은 깔깔 웃으며 준성에게 손을 뻗었다. 준성이 그 손을 잡았다.

"설마…… 우리 애들한테도 이런 짓을 할 건 아니죠?"

준성이 웃었다.

"우리 애들도 남들 질투 받게 만들어 줘야지."

"아, 제발요."

웃음이 멈추지 않았다. 이렇게 사심 없이 배가 당길 정도로

이야기 다섯 203

웃어본 게 언제인지 모르겠다. 볼의 근육이 아플 만큼 시현은 계속 웃었다.

시현 자신도 처음 듣는 것 같은 웃음소리에 섞여 그 봄날 벚꽃 아래에서의 준성의 음성이 들려왔다.

<blockquote>
자네는 벚꽃보다 아름다우니까 질 때도 벚꽃보다 아름다울 게 분명해. 그렇게 아름답게 지는 걸 보는 순간까지 자네랑 함께하고 싶어.
</blockquote>

시현은 준성의 손을 끌어당겨 자신의 가슴에 품었다.

손에 잡은 이 따뜻한 온기가 언제고 사라지지 않으리라는 것을 시현은 믿었다. 그 어떤 순간에도 이 온기가 함께하리라는 걸, 지금처럼 부끄러운 순간에도 떠나지 않으리라는 것을 이제는 확신했다.

그래서 시현은 자신이 모친처럼 되지 않으리라는 것 또한 알게 되었다. 집착하지 않아도 될 만큼 준성의 시선은 늘 시현을 향할 테니까. 바로 이 순간처럼.

그 깨달음이 시현의 가슴에 웅크리고 있던 슬픔과 외로움을 감싸 녹이고, 닫혀 있던 문을 활짝 열었다. 넓게 열린 문으로 시현은 준성을 받아들였다.

"저도요, 사장님. 저도 사장님이 아름답게 지는 순간까지 함께하고 싶어요."

생각지 못한 말을 들은 준성의 눈이 커졌다. 모든 것을 가진 이 남자가 시현의 한마디에 놀라워하고 감격한다는 것이 기뻤다.

시현은 환하게 웃으며 준성의 손등에 입을 맞추고 말했다.

"대신…… 지금보다는 조금 더 평범하게요. 쌍봉낙타는 너무하잖아요."

1

결혼식을 하기 전, 희영이 한국에 들렀다.

오랜만에 만나는 희영은 전보다 좋아 보였다. 관리를 받아서 반들반들 빛나는 피부보다 더 빛나는 건 희영의 미소였다. 결혼을 하는 것이 그리 좋은지 희영은 연신 웃고 있었다.

성혼비를 너무 많이 준 것 같다고 했더니, 희영은 '나한테 일 터졌을 때 진짜로 걱정해 줬잖아. 나 완전 감동이었어. 더 주지 못해서 미안한걸.'이라고 대답했다. 실제로 한 것도 없는데 칭찬을 받은 것 같아서 머쓱했다.

"그런데 그건 잘돼가?"

"그거요?"

"성혼비 많이 받으면 로운 클럽에서 네 마음대로 할 수 있는 게 많아진다면서? 정말로 할 수 있는 게 많아졌어?"

"아아, 그거요. 완전히 제 마음대로 할 수 있는 건 아니더라고요. 아무래도 다른 사원들이랑 의견을 맞춰야 되니까요. 그래도 거의 한 달 동안 회의한 끝에 통과가 됐어요."

"잘됐다! 어떤 건데? 나도 좀 알자."

희영이 관심을 보였다.

"아직 오픈 안 해서 외부에 얘기가 나가면 안 되는데……."

"얘는. 내가 외부니? 어차피 다음 주면 다시 미국으로 나가는데, 뭐. 어디 가서 말할 데도 없어. 말해 줘, 응?"

희영이 저자세로 나왔다. 자존심 센 희영이 이런 식으로 조르는 것이 신선해서, 시현은 작게 웃으며 내년 초에 오픈할 로운 클럽만의 특별한 서비스에 대해 설명을 하기 시작했다.

"로운 본사가 이 층부터 십사 층까지가 비어 있거든요. 그 공간을 활용하려고요. 이 층부터 십사 층까지 전부 다른 테마의 공간을 꾸밀 거예요."

"다른 테마?"

"네. 예를 들자면…… 조선 시대풍, 중세 유럽풍, 현대 일본풍, 현대 유럽풍, 디즈니랜드풍…… 이런 식으로요."

"그래서?"

"코스프레를 하는 거죠."

"코스프레?"

"네. 첫 만남을 그렇게 진행하는 거예요. 만약 언니가 중세 유럽의 분위기를 좋아하고, 상대도 별로 거부감이 없다면 중세 유럽 복장을 하고 중세 유럽풍으로 꾸민 장소에서 만나는 거죠. 철저하게 교육받은 직원들이 시중을 들고요."

"그럼 드레스를 입고 만나는 거야?"

"네. 드레스도 미용도 전부 우리 로운에서 준비를 할 거예요. 회원은 와서 고르기만 하면 되는 거고요."

"그거…… 너무 창피하지 않을까?"

"창피할 거예요."

시현은 몇 개월 전, 놀이공원에서 입었던 이집트 여왕 복장을 떠올렸다.

"하지만 일종의 로망이잖아요. 내가 아닌 다른 사람이 되어 보는 거. 원하는 분들에게는 그 로망을 실현할 수 있는 기회를 드리는 거죠. 어쩌면 첫 만남 때의 어색함 같은 게 내가 아닌 다른 사람이 됨으로써 더 무뎌질 수도 있는 거고요. 그리고 사분기에 한 번씩 가장무도회를 열 예정이에요."

"그건 재미있겠다. 우리나라는 파티 문화가 발달하지 않아서, 유학 갔다가 한국 왔을 때 파티가 없는 게 제일 아쉬웠거든."

"그쵸. 그나마 언니처럼 집안이 좋은 분들이야 여기저기서 열리는 연말 파티나 자선 파티 같은 곳에 갈 기회가 있지만…… 저처럼 평범하게 살아온 사람들은 그럴 기회가 거의 없잖아요. 저만 해도 파스텔에서의 그 일을 제외하면 사장님 따라서 자선 파티 간 게 처음이었으니까요. 더 많은 계층의 사람들이 다양한 경험을 할 수 있는 장을 만들고 싶어요."

"가장무도회는 괜찮은 것 같아. 나도 여훈 오빠랑 결혼하지 않았으면 한 번 정도는 참여해 보고 싶을 만큼. 그런데 코스프레는…… 과연 그렇게 입으려는 사람이 있을까?"

"안 그래도 그것 때문에 회의가 길어졌어요. 대부분 남자 사원들이시다 보니, 딱히 드레스에 대한 욕심이 있는 것도 아니라서 부정적인 반응이 많으셨고요. 그래서 일단은 굳이 드레스를 입지 않아도 그 공간의 콘셉트를 즐길 수 있게 유도를 하기로 했어요. 중세 유럽 시대에 와 있는 기분, 그런 걸 느낄 수 있게요. 그리고 초기에 가장무도회를 이슈화시키려고요. 오픈 기념으로 반년 동안은 한 달에 한 번씩 가장무도회를 열어서 대대적으로 홍보를 할 거예요. 그 후엔 회원 중에 연예인인 분들을 섭외해서 드레스나 한복 같은 걸 입고 미팅을 하는 모습을 방송으로 내보낼 거고요. 그렇게 하다 보면 자연스럽게 관심을 끌 수 있을 것 같아요."

"준비 많이 했네. 나도 한번 해 보고 싶다."

"여훈 씨 삐칠 텐데요?"

"그건 그래. 되게 어른스러운 줄 알았는데 은근 질투가 많다니까. 남자들은 나이 먹어도 애라더니……."

말과는 달리 희영은 행복해 보였다.

"그나저나 준성 씨랑은 잘 지내고 있는 거야? 나 저번에 인터넷에서 낙타 사진 보고 정말 뒤집어진 거 알아?"

"아…… 언니도 보셨군요……."

희영만은 안 보기를 바랐는데.

"그걸 어떻게 못 봐? 미국에도 쫙 퍼졌는데."

시현은 침통한 마음을 감출 수가 없었다.

놀이공원 쌍봉낙타 사건은 그곳에서 끝나지 않았다. 누군가가 찍은 사진과 동영상이 인터넷상에 퍼지기 시작한 것이다.

그 사진이 올라갔을 당시, '놀이공원 낙타녀'가 검색어 1위를 차지했다.

차라리 이집트 여왕 코스프레를 하고 있었던 게 다행이었다. 화장이 진해서 시현이라는 걸 알아보는 사람이 많지 않았던 것이다.

"아, 진짜 한 일주일 동안은 그거 생각날 때마다 여훈 오빠랑 같이 웃은 거 같아. 도대체 왜 그런 짓을 한 거야?"

"저도 그걸 물어보고 싶어요. 사장님은 왜 그런 짓을 하신 걸까요?"

"그게 준성 씨가 한 짓이었어?"

"당연하죠! 언니, 저는요 정상이에요, 정상. 평범함의 극치를 달리는 여자라고요."

"별로 그래 보이진 않는데…… 하여간 놀랍네. 준성 씨, 얼음으로 만든 인형인 줄 알았는데 그런 것도 할 생각을 하고. 너 웃겨 주려고 한 거지?"

시현은 그날 자신이 얼마나 웃었는지를 떠올렸다. 이러다가 숨을 못 쉬어서 죽는 게 아닐까 싶을 정도로 웃었다.

"그런 것 같아요."

시현의 볼이 발그레 물드는 걸 보며 희영이 눈을 가늘게 떴다.

"구월의 신부는 난데 왜 네가 더 행복해 보이지? 하긴…… 그 차준성을 잡았으니 행복할 만도 하지. 누가 알았겠어? 준성 씨랑 너랑 사귀게 될지……."

"그러니까요. 저도 정말 꿈에도 생각 못 했었는데……."

"그러고 보면 처음 봤을 때부터 이상했어."

"처음 봤을 때요?"

"그래. 너랑 나랑 처음 만나게 된 그 파티 있잖아. 그때부터 두 사람 분위기, 좀 묘하다 싶긴 했거든."

"그때요? 그때는 저랑 사장님이랑 정말 아무 사이도 아니었는데요."

"아냐, 아냐. 묘했어. 나 원래 거기 간 거, 준성 씨가 올 거라는 얘기를 들어서 간 거였거든. 그래서 열심히 준성 씨를 보고 있었는데…… 준성 씨는 너만 보고 있더라고."

"저만요?"

"응, 너만. 다른 사람들이랑 얘기하면서도 너만 보던걸? 맞아, 그걸 왜 잊고 있었지? 준성 씨, 그때부터 널 좋아했던 게 분명해."

"에이, 설마요."

"진짜라니까. 내가 이래 봬도 그런 거 보는 눈은 있거든. 웬일이야, 그 잘난 인간이 의외로 순정파였다니. 진짜 웃긴다."

희영이 이 자리에 없는 준성을 비웃듯 깔깔거리며 웃었다.

희영과 좀 더 수다를 떨다가 밖으로 나왔다. 이제 곧 가을이라는데도 정오를 막 지난 햇살은 여전히 뜨거웠다.

몇 주 전, 다 함께 바다에 놀러 갔던 일이 떠올랐다. 명성이 주최했고 민희와 정후, 준성과 시현이 함께했다.

명성은 속초 근처의 펜션을 예약했다. 설악산이 잘 보이는 곳에 위치한 펜션은 유럽풍으로 지은 복층 펜션이었다.

딱 휴가철이라서 바다에는 물 반, 사람 반이었고 가는 길도 오는 길도 많이 막혔다. 사람이 많아 정신없는 곳을 싫어하는데, 올여름의 바다는 참 좋았다. 걸어가다가 사람들이랑 부딪쳐도 즐거웠고, 늦은 밤 펜션의 다른 손님들이 시끄럽게 떠들어서 잠을 못 잤는데도 즐거웠다.

3박 4일로 놀러 간 그 바다에서의 마지막 날 밤, 시현은 왜 그 복잡하고 지저분한 바다가 그리도 즐거운 건지 깨달았다.

가족과 함께였기 때문이다.

피는 통하지 않지만 그들은 가족이었다. 고기가 잘 익으면 시현의 밥그릇에 먼저 하나 얹어 주고, 설거지를 할 때는 같이 하자면서 당연하다는 듯 옆에 서는 그 사람들은 시현의 가족이었다. 가족과 함께하는 놀이공원이 반짝거리듯, 가족과 함께하는 바다 역시 반짝거렸다.

"바다가 반짝거려요."

늦은 밤 준성의 손을 잡고 해변을 걸으며 말했더니, 준성이 고개를 끄덕거리며 진지하게 대답했다.

"응, 오징어잡이 배야."

"……."

벌써 몇 주나 지난 일인데 어제의 일처럼 생생하게 떠올랐다.

'또 바다 가고 싶다. 사장님 수영복 차림, 진짜 근사했는데.'

준성의 단단해 보이는 상체를 떠올리자 저절로 웃음이 나왔다. 시현은 자신이 음흉한 변태 아저씨처럼 보일 거라고 생각하며 서둘러 걸음을 옮겼다.

오늘 저녁, 준성의 할아버지, 해성 그룹의 차 회장을 만나기로 했다. 희영과 수다를 떠는 동안에는 괜찮았는데, 이렇게 혼자가 되니 다시 생각이 나서 긴장감에 가슴이 옥죄었다.

준성이 자신의 할아버지를 만나 보는 게 좋을 것 같다고 말한 건 지난주 주말이었다. 준성의 앞에서는 아무렇지도 않은

척,

"그래요. 집안 어른들께 인사를 드려야죠."

라고 말했지만, 사실 그 말이 나온 후부터 밥이 코로 들어가는지 입으로 들어가는지도 알 수 없을 만큼 긴장을 했다. 남자 친구의 집안 어른을 만나러 가는 것도 긴장이 되는데 심지어 해성 그룹의 주인이라니!

텔레비전에나 가끔씩 나오던 해성 그룹의 차 회장을 실제로 만나는 일이 생길 줄은 몰랐다. 준성을 만나기 전까지만 해도 해성 그룹은 정말로 아주 멀리 떨어져 있는 세계였는데.

'혹시…… 아버님께서 그때 일을 말씀하셨을까?'

준성의 아버지 차민수가 시현에게 돈을 줄 테니 준성과 헤어지라고 했던 일이 있었다. 그것도 마음에 걸렸다.

'아버님은 날 싫어하시는 것 같았는데…… 회장님은 더하시겠지?'

조금 전까지만 해도 찬란하게 빛나던 태양이 하늘에서 사라졌다.

'아, 무섭다.'

차민수 사장에게 4억 운운하며 버르장머리 없이 행동했던 기억이 시현을 괴롭혔다. 그냥 좀 참을 걸, 왜 그런 망발을 해

댔던 건지.

시간을 돌릴 수만 있다면 그때로 되돌아가고 싶었다.

'일억 받고 안 헤어지면 되는 거였는데…… 그럼 일억도 벌고 버르장머리 없는 애가 되지도 않고.'

한숨을 쉬었지만 기분이 나아지지 않았다.

괜찮아. 그냥 할아버지야, 어디서나 볼 수 있는 평범하고 고집 센 할아버지.

민희는 별일 아니라며 위로하듯 말했지만, 해성 그룹의 주인이 어찌 평범한 할아버지가 될 수 있단 말인가. 자세한 상황은 모르지만, 윤 의원이 의원직을 사퇴한 데는 차 회장의 힘도 지대한 영향을 끼쳤다고 들었다.

'아, 진짜 무서워 죽겠네.'

그냥 시간이 멈췄으면 좋겠다고 생각했지만 시간은 다른 때보다도 빠르게 흘러갔다. 시현이 회사에 도착했을 때, 명성이 시현의 사무실에서 기다리고 있었다.

"늦었습니다, 시현 씨."

"느, 늦었나요!"

바짝 긴장한 시현을 보며 명성이 귀엽다는 듯 웃었다.

"아니, 그렇게 긴장하실 건 없고요."

"무서워 죽겠어요."

"괜찮습니다. 회장님이 식인을 하시거나 하진 않거든요."

"……그 부분은 전혀 고민 안 해봤는데요."

"그럼 무서울 게 뭐가 있습니까. 그냥 눈, 코, 입 적당히 붙어 있는 사람인데."

"그거야 오빠는 오빠네 친할아버지니까 그런 거죠. 저는…… 아, 가끔 신문이나 텔레비전에서만 뵙던 분이신데……."

"에이, 시현 씨도 신문에 나왔었잖아요. 검색어 일 순위를 차지한 적도 있으시면서. 할아버지는 검색어 일 위를 하신 적 없어요. 하하하."

낙타 사건 이후, 명성이 가끔 너구리처럼 보였지만 시현은 명성이 베풀어 준 많은 것들을 떠올리며 얄밉다는 생각을 억눌렀다.

"오늘 오빠도 같이 가시는 거예요?"

"시현 씨가 원하신다면 어디든 같이 가죠."

"그럼 같이…… 아니, 아니에요. 오늘은 그냥 사장님이랑 둘이 가는 게 맞는 것 같아요."

어떤 분위기든 특유의 넉살로 부드럽게 바꿔 주는 명성이 함께해 준다면 편하긴 할 것이다. 하지만 집안 어른을 처음 뵙는 자리에 내 편이 되어 줄 사람을 잔뜩 끌고 가는 것은 예의가 아닌 것 같았다.

"그래요. 그리고 정말로 우리 할아버지 무서운 사람 아니니까 걱정하지 마세요. 오히려 할아버지가 준성이를 무서워하죠."

"손자를요?"

"네. 할아버지는 의심하고 계세요."

"뭘요?"

"준성이가 외계인일 거라고."

"아아."

시현은 납득했다.

"언젠가 준성이 피부가 갈라지면서 그 안에 숨어 있던 외계인이 나올지도 모른다고 생각하시는 분이거든요. 그러니까 준성이가 옆에 있으면 안전할 겁니다."

"네에……."

시현은 차씨 집안사람들 중에 '정상'이라고 할 만한 사람들이 있기는 한 건지 궁금해졌다.

"오늘 온 건, 시현 씨 친구 때문입니다."

"제 친구요?"

"네. 김유리."

"아……."

'김유리'라는 이름 자체를 잊고 있었다. 잊을 만하면 떠올라 시현을 괴롭히던 이름은 이제 시현에게 아무런 영향도 끼치지 못했다. 시현은 그 이름을 들으면서도 '그래, 그런 친구가 있었지.'라고만 생각했다.

"그 여자에 대해 조사를 좀 했습니다. 이번에 윤예나가 시현 씨의 과거를 조사하는 과정에서 김유리를 만난 적이 있더군요. 김유리는 시현 씨에 대해 험담을 늘어놨고요, 시현 씨가 감추고 싶어 하던 것들을 다 이야기해 준 것 같습니다."

"그럴 줄 알았어요."

"어떻게 해 드릴까요? 안 그래도 한번 손 봐줘야지 하고 있었는데…… 시현 씨가 원하는 대로 처리해 드리죠."

"뭐든 가능한가요?"

"그럼요."

"음…… 그럼 아주 없애주세요."

"그럴까요?"

명성의 경쾌한 대답에 시현이 웃었다.

"몇 개월 전의 저라면 그렇게 대답했을지도 모르겠어요. 근데 지금은…… 글쎄요. 그냥 그런 애도 있었구나, 싶어요."

"그렇습니까?"

"네. 저는 그 애가 그 비밀을 가지고 절 협박할 때마다 어떤 식으로 복수를 할지에 대해서 고민했었어요. 이렇게 하면 속이 시원하겠다, 저렇게 하면 통쾌할 거야. 하지만 생각의 끝은 늘…… 유리가 제 얘기를 듣고 안타까워하면서 절 위로해 주고 잘 도망쳤다고 말해 주는 거더라고요. 전 걔한테 복수를 하는 것보다, 내 마음을 알아주는 친구를 더 원했던 거죠. 그러니까 괜찮아요. 걔는 처음부터 절 질투했으니까 아마 앞으로도 계속 절 질투하면서 살 거예요. 그거면 돼요."

"그래요."

"네, 정말 그거면 돼요. 제 얘기를 듣고 저보다 더 화내 주는 사람이 이제 제 옆에 있으니까요. 전 가끔 민희가 제가 당한 일 때문에 화낼 때 보면, 제가 아니라 민희가 당한 건가 싶을 때가 있어요. 얼마나 무서운지…….."

민희의 예쁜 얼굴과 어울리지 않는 거친 욕설을 떠올리자 웃음이 나왔다.

"그러니까 복수는 괜찮아요."

명성의 표정이 부드러워졌다. 명성은 시현을 물끄러미 바라봤다. 진갈색의 다정한 눈동자. 시현은 늘 명성에게 고마웠다. 돌이켜보면, 명성은 중요한 순간마다 어김없이 시현의 뒤를 든든히 받쳐 주었다. 때로는 보이게, 때로는 보이지 않게.

명성이 아니었더라면 처음부터 다 포기하고 로운을 떠났을지도 모르겠다. 만약 그랬다면 이 많은 사건을 경험할 일은 없었겠지만, 자신이 만들어 놓은 두꺼운 알껍데기를 깨뜨리고 나올 생각도 하지 못했을 것이다. 동생을 행복하게 해 줘야 한다는 생각과 엄마처럼 되지 말아야 한다는 생각의 틀에 껴, 자유 없이 살아갔겠지.

"오늘 근사하네요, 시현 씨."

명성이 말했다.

시현은 은은한 파스텔톤 꽃무늬가 들어간 쉬폰 블라우스와 무릎까지 오는 살구색 H라인 치마를 입고 있었다. 이 옷 역시 예전에 명성이 선물해 준 옷이다.

"차 회장님도 반할 게 분명합니다."

"고마워요, 아저씨."

시현의 대답에 명성의 표정이 변했다. 명성의 눈이 커졌다가 미소가 사라진다 싶더니, 괴롭다는 듯 미간을 좁혔다. 그리고 다시 미소를 지었다. 아주 빠르게 변하는 그 표정을, 시현은 분명히 목격했다.

"이거 참……."

명성은 어째서인지 당황한 듯 시현을 똑바로 보지 못하고 자리에서 일어났다.

"오랜만에 아저씨라는 말을 들으니 추억이 새록새록 돋아나네요."

"아…… 죄송해요."

"아닙니다, 시현 씨. 그럼 오늘 화이팅입니다. 차 회장님 마음을 사로잡으세요!"

사무실을 나갈 때의 명성은 평소와 똑같았지만 시현은 그게 오히려 마음에 걸렸다. 명성이 당황하는 이유를 전혀 알 수 없었다.

명성은 빠르게 걸음을 옮겼다. 하마터면 충동적으로 고백할 뻔했다.

사랑해요, 시현 씨.

그런 마음이 자신의 안에 웅크리고 있는 줄은 전혀 몰랐다. 그저 우정, 아니면 우정보다 조금 더 나아간 그런 감정일 뿐인 줄 알았는데. 그조차도 준성과 시현을 응원하면서 사라진 줄 알았는데. 이제는 완전히 '제수씨'를 향한, 그런 마음인 줄 알았는데.

그래서 당혹감을 감출 수 없었다.

'눈치챘을까?'

걱정이 됐다. 이제 와서 사실은 사랑이었다는 걸 알았다 해도 고백할 생각은 전혀 없었다. 동생의 연인을 사랑하는 형이라니. 그런 끈적끈적한 관계는 죽어도 싫다.

'하지만 아까 웃는 얼굴은…… 정말…….'

심장이 쿵 내려앉을 만큼 아름다웠다. 시현의 미소가 근사하다는 것은 알고 있었지만 아까 보여 준 미소는 놀라웠다. 슬픔을 떨친 시현이 그렇게나 아름답게 웃게 될 줄 누가 알았겠는가.

'와, 깜짝 놀랐네.'

명성은 고개를 세차게 저었다. 부드러운 고수머리가 찰랑찰랑 흔들렸다. 왁스로 세팅한 머리칼이 흐트러질 때까지 머리를 흔든 후에야 명성은 세차게 뛰는 심장을 진정시킬 수 있었다.

시현은 아름답게 웃었고, 그 아름다운 미소는 행복하기 때문에 나오는 미소였다. 그리고 그 행복은 준성이 가져다준 것. 명성은 절대로 줄 수 없는 그것을 준성이 주고 있었다. 그러니까 욕심을 낼 이유도, 후회를 할 이유도 없다.

'난 그렇게 못 해.'

그렇게 생각하자 마음이 편해졌다.

'그래. 그건 차 사장이나 할 수 있는 거야.'

올여름 바다에 갔을 때, 다들 시현에게 어떤 식으로 고백받았냐고 물어봤다. 시현은 말했다.

제가 벚꽃보다 아름다우니까 질 때도 벚꽃처럼 질 게 분명하다고, 그렇게 아름답게 지는 걸 볼 때까지 함께하고 싶다고 하셨어요.

그런 달콤한 고백이라니.

명성은 생각도 못 할 고백이었다.

'그래, 내 동생은 그렇게 달콤한 녀석이니까…… 낙타를 태워줄 만큼…….'

놀이공원 쌍봉낙타 역시 명성이라면 생각하지 못할 이벤트. 그날 시현이 얼마나 웃었는지. 처음 듣는 그녀의 숨넘어갈 듯한 웃음소리가 놀이공원에 메아리쳤던 게 떠올랐다. 사람들이 이상하다고 쳐다보는데도 시현은 개의치 않고 웃어댔고 나중에는 구경하던 사람들까지도 웃게 만들었다.

'그래, 맞아. 정말 내 동생이 아니면 안 돼.'

엘리베이터 문이 열릴 때쯤에는 깜짝 놀랐던 심장도 안정을 되찾았다. 명성은 웃으며 닫힘 버튼을 눌렀다.

'놀이공원 쌍봉낙타…… 난 그거 절대로 못 해.'

그러니까 이시현을 행복하게 해 줄 수 있는 건 차준성뿐이다.

2

민희는 큰어머니인 김 여사를 보며 어색하게 웃었다. 준성의 어머니인 김 여사가 시현의 존재를 알게 된 것이 바로 어제의 일.

김 여사는 아들의 연인에 대해 아무도 말해 주지 않은 것에 대해 분노했고, 아내를 두려워하는 차민수가 민희에게 그 분노를 떠넘겨 버린 것이다.

'하여간 큰아버지는 진짜······.'

"뭐 마실래?"

김 여사는 상냥하게 웃고 있었지만 민희는 오한이 들었다.

김 여사가 나긋나긋하고 어지간한 일에는 화내지 않는 사람이라는 걸 알지만, 그런 사람이야말로 한 번 화를 내기 시작하면 걷잡을 수 없다는 것 또한 알기 때문이다.

김 여사가 화를 내는 걸 딱 한 번 봤는데, 예나가 준성을 떠났을 때였다. 남녀관계 어떻게 될지 모른다지만, 믿었던 아이인데 이런 식으로 배신할 줄은 몰랐다며 화를 내던 김 여사는 그야말로 야차 같았다. 당장 그 죄를 물으러 그쪽 집안에 가야겠다고 날뛰는 김 여사를 말리느라 차민수는 물론, 시아버지인 차 회장까지 쩔쩔맸던 전적이 있다.

"음······ 저는 아무거나 좋아요."

긴장한 듯한 민희를 보며 김 여사가 작게 웃었다.

"무서워할 거 없어. 화 안 났으니까."

"화나셨다던데요?"

"누가 그래?"

"큰아버지가요."

"그 양반은 이상하게 내 눈치를 보더라?"

'그럴 만도 하죠.'

민희는 5년이나 지난 그때의 일이 떠올라 한숨을 쉬었다.

"기다려, 주스 가지고 올게."

"아니에요. 제가 가지고 올게요."

"손님이잖니."

김 여사가 주방으로 간 후, 민희는 테라스 너머에 펼쳐진 넓은 마당으로 시선을 돌렸다. 잘 손질된 마당 중앙에는 커다란 바위로 둘러싸인 연못이 있었다. 울퉁불퉁하고 투박한 모양새의 거대한 바위 때문에 연못만 보면 인적 드문 깊은 산에 들어온 느낌을 주었다. 민희는 그 연못이 좋았다.

연못 근처에 심은 나무들은 이제 녹빛을 버리고 붉은 옷으로 갈아입기 시작했다.

'벌써 가을이구나.'

라는 생각을 하고 있는데 김 여사가 오렌지 주스 두 잔을 들고 다가왔다.

"또 연못 보고 있어?"

"네. 저 연못 정말 매력 있어요."

"어떤 애니?"

김 여사가 예고도 없이 본론으로 들어갔다. 민희는 시현에 대해 어디까지 얘기해야 좋을지 알 수 없어서 두 손으로 투명한 유리컵을 감싸 쥐었다. 유리컵 안을 가득 채운 노란색 액체를 물끄러미 바라보던 민희가 입을 열었다.

"음…… 이 오렌지 주스 같아요. 톡톡 튀고 상큼하고 한편으로는 달콤하고…… 하지만 그렇게 되기까지 쥐어 짜이는 고통이 있었죠."

"거창한 표현이네. 민희답지 않게."

"맞아요, 걔는 절 저답지 않게 만들어요."

민희는 시현을 떠올렸다.

"잘 웃는 애예요. 근데 그 웃음이 헤프게 느껴지질 않아요. 걔가 그 웃음 안에 어떤 걸 감추고 있는지를 알거든요."

"어떤 걸 감추고 있는데?"

"슬픔, 괴로움, 아픔, 고통…… 뭐, 그런 거죠. 그런 걸 감춘 웃음은 보는 사람도 괴롭기 마련인데, 걔의 웃음은 그렇지가 않아요. 같이 즐거워지죠."

"슬픔, 괴로움…… 그런 걸 경험한 애니?"

"네, 그런 걸 경험한 애예요."

민희는 느릿하게 시현의 과거에 대해 이야기를 해 주었다. 그리고 그것이 얼마나 오랫동안 시현의 발목을 단단히 붙들고 있었는지에 대해서. 김 여사는 표정의 변화 없이 민희의 이야기를 들었다.

"기자 생활을 하면서 많은 사람들을 봤어요. 그만한 일을 경험한 사람들도 있었고, 그보다 더한 일을 경험한 사람들도 있었죠. 하지만…… 저랑 친분이 있는 사람들이 아니니까 저는 그 고통을 이해하려고 해 본 적이 없어요. 그런데 시현이는 친구잖아요. 내 친구가 그런 일들을 경험했다는 건 정말 화가 나는 일이더라고요. 늘 편하고 행복하게만 살아왔고, 주위에도 그런 사람들밖에 없어서 그게 얼마나 힘든 일인지 몰랐어요."

"그래."

"차 사장…… 아니, 준성이 오빠는 오랫동안 사귀던 연인이 배신을 했다고 몇 년 동안 인상만 찌푸리고 다녔어요. 그걸 스스로 극복해야겠다고 생각한 적이 없죠. 저는 친척들 때문에 모델을 못 하게 됐다고 원망만 하고 다녔어요. 그런데 걔는 그런 일을 당했으면서도 웃었죠. 아무것도 없는 주제에 그걸 극복하려고 무던히도 노력을 했어요. 걔가 그 좁은 단칸방에 살면서 얼마 되지도 않는 월급을 아끼고 아껴 가며 자기 동생을

에필로그 233

데려올 소망을 품고 살아온 걸 생각만 하면 아직도 가슴이 아파요."

가을의 향기를 담은 바람이 불어와 민희의 머리칼을 스쳤다. 민희는 미소를 지으며 연못을 바라봤다.

"그래서 전 시현이가 좋아요."

"준성이도 그 애를 많이 좋아하니?"

"말도 못 해요. 준성이 오빠는 시현이 없으면 못 살걸요."

"예나 때보다 더 좋아해?"

"윤예나랑 함께할 때의 준성이 오빠는 그냥 차준성이었어요. 게으른 차준성, 남이 하자는 대로 하는 차준성, 먼저 나서지 않는 차준성."

"내 아들이지만 반박할 수가 없네."

"시현이랑 함께하는 준성이 오빠는 차준성이 아닌 다른 사람처럼 보일 때가 있어요."

"어떤 면이?"

"예전에 시현이랑 준성이 오빠랑 사귀기 전에 시현이가 도시락을 싸다 준 적이 있대요. 거기 멸치볶음도 들어 있었나 봐요."

"설마……."

"네, 맞아요, 큰엄마. 준성이 오빠가…… 그 멸치볶음을 하나도 안 남기고 다 먹었대요. 정후 오빠가 같이 먹자고 하는데도 하나도 안 주고!"

"……그럴 리가."

"정말이에요. 저도 의심스러워서 계속 물어봤거든요. 그런데 진짜더라고요. 그걸 꼭꼭 씹어서 다 먹었다니까요."

"물에 불려서 녹여 먹었겠지."

"하긴…… 그럴 수도 있겠네요."

"그게 전부야?"

"아니요."

민희가 씩 웃으며 휴대폰을 꺼냈다. 김 여사가 궁금해하며 가까이 다가와 앉았다. 민희는 휴대폰에 저장해 놓은 동영상을 재생시켰다. 전설의 놀이공원 쌍봉낙타 사건을 담은 동영상이었다.

"이걸 보세요."

동영상 안에선 이집트 노예 복장을 한 남자가 낙타를 끌고 가고 있었고, 그 낙타에는 이집트 여왕 복장을 한 여자가 타고 있었다. 잠깐 걸어가던 남자는 여자의 웃음소리에 걸음을 멈췄고, 여자는 한참 동안 크게 웃었다. 그 웃음소리가 얼마나 유쾌한지 김 여사조차도 웃고 말았다.

"이거 준성이 오빠가 생각한 거예요."

"준성이가?"

"네. 하나부터 열까지. 시현이는 싫어했지만 결국 준성이 오빠한테 낚였죠. 제가 보기에는 그냥 미친 짓인데…… 원래 사랑하면 콩깍지가 씐다잖아요."

"이런 짓을 시켰는데도 그 애가 여전히 준성이랑 사귄단 말이야?"

"미스터리죠."

"준성이가 먼저 이런 짓을 하다니……."

김 여사는 믿을 수 없다는 듯 몇 번이나 동영상을 돌려봤다.

"오늘 회장님이랑 만나기로 했다던데……."

"네. 그래서 되게 긴장해 있더라고요."

"할아버지께서 이 아이를 마음에 들어 하실 것 같니?"

"글쎄요. 마음에 들어 하시지 않을까요? 할아버지는 준성이 오빠한테서 모든 마음을 내려놨잖아요. 그저 인간이기만을 바라시는 것 같던데."

"하긴……."

김 여사가 웃었다.

예전부터 차 회장은 김 여사에게 '너 준성이 임신했을 때 외계인한테 납치당했던 거 아니냐?'라고 진지하게 물어보곤 했다. 김 여사는 그런 차 회장의 말에 기분이 상하지 않았는데, 김 여사 역시 종종 그런 의문을 품었기 때문이다.

"괜찮은 애예요. 준성이 오빠를 컨트롤할 수 있는 애고요. 그러니까 큰엄마가 시집살이 안 시켰으면 좋겠어요."

걱정스러움을 담아 말하는 민희를 보며 김 여사가 미소 지었다.

"시집살이를 시킬 게 뭐가 있겠니? 살림은 가정부가 할 테고, 우리 집은 제사도 안 지내는데…… 명절에 준성이 끌고 본가에 와 주면 감사한 거지."

"그건 그렇죠."

민희는 한결 가벼워진 마음으로 티타임을 즐기며 김 여사와 함께 준성의 게으름에 대해 신나게 욕을 해댔다.

3

"무서워요!"

차 회장을 만나러 가는 차 안에서 시현이 비명처럼 외쳤다. 옆에 앉아 있던 준성이 느릿하게 시현을 돌아봤다.

"나도."

"사, 사장님도 무서우세요?"

"응. 네가 이상한 짓을 할까 봐 무서워."

"어휴. 이상한 짓을 좋아하는 건 사장님이죠. 사장님 때문에 놀이공원 낙타녀라고 불리는 것만 생각하면…… 아니, 왜 하필이면 낙타녀냐고요!"

"그러게."

"하여간 저는 지금 너무 무서워서 이상한 짓을 할 정신도 없어요."

운전을 하던 정후가 웃었다.

"비서님, 정말 무서운데 어쩌죠? 심장이 멈출 생각을 안 해요."

"심장이 멈추면 죽습니다, 시현 씨."

"아, 그러네요."

"넌 왜 이런 순간에 김 비서한테 기대?"

준성이 투덜거렸다.

"사장님은 농담만 하시잖아요."

"진지하게 대응하고 있어."

"어휴, 됐어요."

"얘기해 봐. 뭐가 고민이야?"

"말씀드렸잖아요. 무섭다니까요. 회장님이 절 싫어하시면 어떻게 해요? 아버님도 절 싫어하실 텐데."

준성이 미간을 좁혔다.

"아버지가 널 왜 싫어해?"

"아…… 그게……."

시현은 차민수와 만났던 일에 대해 아무에게도 말하지 않았다는 것을 깨달았다. 너무 창피한 기억이라서 평생 가슴에 묻고 갈 생각이었는데 준성은 예리하게 눈을 빛내며 시현의 대답을 기다리고 있었다.

시현은 한참 망설이다가 결국 그날의 일에 대해 털어놨다. 그걸 다 들은 후, 정후가 키득키득 웃었다. 하지만 준성은 웃음기 없이 고개를 끄덕였다.

"그래, 답이 나왔네."

"어떤 답이요?"

"할아버지께 사억 드리면 되지. 난 해성 그룹에서 사억밖에 안 되는 인간이니까."

시현은 준성이 심통 났다는 걸 깨달았다. 이런 순간에 심통이나 내다니. 어른스러운 줄만 알았던 준성이 종종 어린애 같은 모습을 보일 때면 사랑스러워서 견딜 수 없었지만, 지금은 그런 생각도 들지 않을 만큼 긴장한 상태였다.

"회장님께서 진짜로 사역에 손자를 팔 생각이셨겠어요? 말이 그렇다는 거지."

"아냐. 돈 좋아하고 거짓말쟁이니까 사역 드리면 좋아하실 거야. 그리고 자넨 나랑 평생 같이 살면 되는 거고."

"사장님, 이런 순간에 심통이나 내시면 시현 씨한테 차입니다."

듣다 못한 정후가 경고했다. 준성은 여전히 심통 난 표정이었지만 차이는 건 무서운지 입을 다물었다.

"걱정 마세요, 시현 씨. 차 회장님은 생각이 깊으신 분이니까 그렇게 쉽게 시현 씨를 판단하지는 않으실 거예요."

정후의 위로를 들으며 시현은 명성이 했던 말을 떠올렸다.

언젠가 준성이 피부가 갈라지면서 그 안에 숨어 있던 외계인이 나올지도 모른다고 생각하시는 분이거든요.

'그게 깊은 생각 끝에 나온 결론이란 말이야?'

시현도 슬슬 준성이 의심스러워지기 시작했다.

시현은 고개를 돌려 준성의 얼굴을 꼼꼼히 살펴봤다. 반듯한 이마에서부터 깎아낸 듯 내려오는 콧대, 굳게 다문 붉은 입술.

'이 남자, 인간 맞겠지?'

"그만 봐. 키스하고 싶어지니까."

준성이 정면을 응시한 채 중얼거렸다. 시현은 정후 앞에서도 키스를 운운하는 준성이 인간이 아닐지도 모른다고 생각했지만, 이미 사랑하게 되어 버렸으니 도망치기에는 늦었다. 외계인이면 또 어떤가. 피부가 갈라지면서 그 안에 숨기고 있던 외계인의 모습을 드러내지만 않으면 되지.

"하여간 사장님, 회장님께서 절 싫어하셔도 저 너무 원망하지 마세요."

시현의 걱정스러운 목소리에 준성이 웃으며 시현의 머리를 쓰다듬었다.

"그런 걸로 왜 원망하겠어? 내가 원망하는 건 따로 있어."

"뭔데요?"

"언제까지 사장님이라고 부를 거야?"

"네?"

이 긴박한 상황과 전혀 관계없는 질문. 시현은 눈을 크게 뜨고 준성을 쳐다봤다. 준성은 몹시 진지하게 시현과 시선을 맞추며 다시 한 번 말했다.

"이제 사장님 말고 다른 호칭을 사용할 때도 됐잖아."

"어, 어떤 호칭이요?"

"음…… '자기'는 어때?"

"자, 자기요?"

"네가 그렇게 불러 주면 좋을 것 같아. 아, 오빠도 좋고."

"오, 오빠요?"

사장님은 그냥 사장님이었기 때문에 다른 호칭에 대해 생각해 본 적이 없었다. 게다가 '자기'나 '오빠'라니!

"응, 불러 봐."

"아……."

자기든, 오빠든 부르는 게 어려운 일은 아니었지만 좀처럼 입이 떨어지질 않았다.

"저…… 사장님은 그렇게 부를 수 있으세요?"

그래서 준성에게 떠넘겼다.

"응, 할 수 있어."

준성이 미소를 지으며 한 손을 시현의 볼에 살며시 올렸다. 그렇게 눈을 맞추고 속삭이듯 말했다.

"자기."

낮고 부드러운 음성이 오싹할 정도로 매혹적이었다. 시현은 이곳이 차 안이라는 것도 잊고 준성에게 안길 뻔했지만 간신히 정신을 차렸다.

"이, 이상해요."

이상하다기보다는 '저렇게 불리면 매일 심장이 떨어져 내릴 거야.'라는 생각이 더 컸다.

자기라니, 저 멋진 얼굴로 나한테 자기라고 말하다니!

"그래? 그럼 여보라고 할까?"

"아, 아니요!"

"또 화내는 거야?"

"어휴, 화는 무슨…… 제가 왜 화를 내겠어요! 전 그저…… 어휴…… 자기는 좀…….."

"그럼 오빠라고 해도 돼."

"에이, 어떻게 사장님한테 오빠라고 해요?"

"명성이 형한테는 오빠라고 하잖아."

"……그거야 명성이 오빠는 사장님이랑 다르죠."

"명성이 형도 해성 백화점 사장이야."

"제가 해성 백화점 직원은 아니잖아요."

"흐음."

준성은 또 심통이 난 듯 인상을 찌푸렸다.

"형님이라고는 부를 수는 있을 것 같아요."

시현이 삐친 준성의 기분을 풀어 주기 위해 말했다. 준성이 어이없다는 듯 시현을 쳐다봤다.

"성 정체성에 혼란이 왔어? 여자는 연상 남성에게 오빠라고 불러야 하는 거야."

"그러니까…… 아…… 진짜 사장님한테는 그 말이 안 나온다니까요."

"그럼 됐어."

준성은 삐쳤다는 걸 감추지 않았다.

"삐치지 좀 마세요."

"안 삐쳤어."

"입술이 댓발은 나왔는데요, 뭘."

"안 나왔어."

시현은 비쭉 나온 준성의 입술을 손가락으로 꾹 눌렀다.

"그럼 이 튀어나온 입술은 누구 입술이죠?"

준성이 작게 웃었다.

"네 입술."

시현이 방어하기도 전에 준성의 입술이 시현의 이마에 닿았다. 쪽, 소리가 날 만큼 진하게 입을 맞춘 준성이 만족스러운 듯 시현을 한 팔로 안았다.

"걱정 마. 할아버지는 보는 눈이 있으니까. 넌 그냥 평소대로 행동하면 돼."

준성의 말은 전혀 위로가 되지 않았다.

'그러니까 보는 눈 있는 사람이 절 마음에 들어 하겠냐고요!'

시현이 더 혼란에 빠진 그때, 정후는 백미러로 두 사람의 모습을 보며 생각했다.

'진짜 저 인간들은 솔로들 손에 응징을 당해야만 해!'

4

아들은 말했다.

"똑똑한 아이더군요. 해성 그룹으로 데리고 오고 싶을 만큼."

손자는 말했다.

"시현 씨는 준성이한테 좀 아까운 여자입니다. 잘못했다가 시현 씨가 준성이를 찰 수도 있으니까 조심하세요."

손녀는 말했다.

"걘 제 친구예요, 할아버지. 제가 모델을 못 하게 된 건 이제 괜찮아요. 하지만 걔한테 상처 주면 평생 용서하지 않을 거예요."

그리고 외계인은 말했다.

"매일 보는데도 매일 두근거립니다. 웃는 얼굴이 정말 아름답거든요."

사람 보는 눈 있는 민수와 기본적으로 모든 인간을 의심하는 명성과 자기 잘난 맛에 사는 민희의 마음을 사로잡은 여자. 그리고 속마음도, 정체도 알 수 없는 준성을 홀딱 반하게 한 여자.

그 여자를 오늘 만나게 된다.

어떤 아이인지 궁금한 마음이 가장 컸다. 해성 그룹의 4억보다 자신의 4억이 훨씬 값어치 있다고 해성 그룹 사장 앞에서 당돌하게 말하는 아이였다. 그게 꾸며낸 용감함이든, 원래 성격이든 큰 상관은 없었다. 꾸며냈다면 꾸며낸 대로 그것을 계획할 수 있다는 점이 대단하니까.

오늘 만나자고 한 이유는 결혼 허락을 해 주네, 마네 하는 이야기를 하기 위한 것이 아니다. 이쪽에서 결혼을 반대하더라도 준성에게 아무 영향도 끼치지 못할 게 뻔했다. 그 결혼하면 나 죽을란다, 라고 말해도 준성은 눈썹 하나 깜빡하지 않고 '죽음은 하늘의 뜻이니 제가 어쩔 수 없는 노릇이죠. 유감입니다.'라고 말할 것이다.

거기까지 생각이 미치자 실제로 벌어진 일도 아닌데 울컥했다.

여하튼 차 회장은 오늘 시현을 만나 시현의 용감함이 어디까지인지 보고 싶었다. 해성 그룹 사장 앞에서는 당돌하게 굴었다지만 과연 회장 앞에서도 그렇게 행동할 수 있을 것인지.

비서가 기다리는 손님들이 왔다고 알린 것은 약속 시각이 되기 10분 전이었다. 차 회장은 씩 웃으며 옷매무새를 다듬고 벽면에 있는 거울 앞에서 표정을 점검했다.

'이 정도면 박력 있어 보이겠지.'

외계인일지도 모르는 손자를 거두어 준 시현에게 고맙기는 하지만, 그렇다고 호락호락한 할아버지로 보일 생각은 없었다. 어쨌든 차씨 집안에 들어오는 거라면 그 정도의 각오와 자세는 필요하다.

만약 이쪽이 해성 그룹 회장이라는 이유로 고개도 못 들고 쩔쩔매는 여자라면 결혼 반대야 하지 않겠지만 '역시 내 손자는 여자 보는 눈이 없어.'라는 생각에 한탄스러울 것이다.

문이 열리고 준성이 들어왔다. 준성은 잠깐 문을 닫고 차 회장을 노려보며 말했다.

"제 여자입니다."

손자가 저렇게나 팔불출이었나 싶은 마음에 대답했다.

"누가 내 여자 삼겠다냐? 어서 데리고 들어오너라."

"네."

준성이 문을 열었다. 먼저 시현이 들어왔고, 그 뒤로 정후가 따라 들어왔다. 이런 자리에는 도통 끼는 법이 없는 정후이기에 차 회장은 다시 한 번 놀랐다. 정후의 마음까지 사로잡다니!

"안녕하세요, 회장님."

꾸벅 인사를 하는 시현을 차 회장은 날카로운 눈으로 꼼꼼히 살폈다.

갸름하고 작은 얼굴, 길쭉한 목과 여리여리한 느낌의 어깨, 잘록하게 들어간 허리와 쭉 뻗은 다리. 누가 봐도 예쁘다고 할 만한 외모였지만 특별할 것은 없었다. 예쁘기로 따지자면 손녀인 민희가 더 나았다.

허리를 꼿꼿하게 펴고 선 자세는 마음에 들었지만 표정은 별로였다. 긴장한 기색이 역력해서 애써 짓고 있는 미소가 일그러진 듯 보였다.

'저 아이가 사억 운운한 그 아이란 말이야?'

차민수에게 들었던 시현과는 너무 다른 모습이었다.

당차게 들어와 환하게 웃을 줄 알았던 시현의 긴장한 모습에 내심 실망감을 느끼며 일어났다.

"그래, 앉거라."

준성과 시현이 나란히 앉았고 정후가 그 뒤에 섰다.

"넌 왜 그러고 서 있냐? 너도 앉아라."

정후에게 말했더니 정후가 뭔가 큰 다짐이라도 한 사람의 표정으로 답했다.

"아닙니다, 회장님. 전 시현 씨의 정신적 지주라서 든든하게 뒤에 서 있기로 했습니다."

"……그래, 알아서 해라."

아무리 잘해 줘도 마음 연 적 없던 정후가 시현을 감싸고돌자 꽁한 마음이 들었다. 차 회장은 말없이 시현을 바라봤다.

시현은 차 회장의 시선에 안절부절못했다. 아무리 봐도 그냥 평범한 아이일 뿐이다.

'내 아들이 저 아이를 데리고 오고 싶다고 한 이유가 있을 텐데.'

지금으로선 그 이유를 찾을 수가 없었다. 차민수 앞에서 4억 운운하던 용기는 일회용이었나 보다.

"왜 그렇게 긴장하고 있어요?"

차 회장의 말에 시현이 번쩍 고개를 들었다가, 다시 고개를 숙였다.

"다, 당연하죠. 제가 사랑하는 사람의 할아버지신데요. 회장님이 안 계셨으면 차준성 사장님도 안 계신 거니까 회장님은 저에게 있어서 일종의 산타 할아버지 같은 존재…… 아, 죄송합니다. 제가 긴장해서 무슨 소리를 하고 있는 건지 모르겠어요."

쿡, 하고 웃음소리가 들려서 보니 준성이 웃고 있었다. 좀처럼 웃지 않는 준성이 저렇게 기분 좋다는 듯 웃다니. 놀라운 상황이긴 하지만 차 회장도 준성이 웃는 이유를 납득할 수 있었다. 차 회장 역시 산타 할아버지라는 말 때문에 웃음을 터뜨릴 뻔했기 때문이다.

간신히 웃음을 삼키고 말했다.

"그래, 나한테 뭐 할 얘기 없어요?"

시현이 다시 고개를 번쩍 들었다. 시현은 혼란스러운 듯 보였다. 그럴 법도 하다. 이쪽에서 보자고 해놓고 할 얘기가 없냐고 물었으니까.

차 회장은 차민수가 본 그 당당함을 한 번 보고 싶었다. 하지만 시현은 겁에 질린 눈으로 도움을 청하듯 준성을 쳐다봤다. 준성은 빙그레 웃으며 '평소대로 해.'라고 말했고, 그 말에 용기를 얻은 듯 시현이 벌떡 일어났다.

'사업 얘기를 하려나?'

내심 기대하는 차 회장에게 시현은 90도 각도로 허리를 굽히며 큰 목소리로 또박또박 말했다.

"손자님을 제게 주십시오! 평생 행복하게 해 주겠습니다!"

"……."

차 회장은 눈을 휘둥그레 뜨고 시현을 쳐다봤다. 준성과 정후의 얼굴을 보진 않았지만 두 사람 다 자신과 같은 표정일 거라고 확신했다.

저 여리여리한 몸에서 우렁찬 목소리가 나온 건 둘째치고……,

'손자를 달라니…….'

80년대 영화의 남자 주인공이나 할 법한 그 상투적인 멘트가 차 회장을 두드렸고, 결국 차 회장은 도저히 참을 수가 없었다.

"풉……."

준성은 분명 평소대로 하라고 했다. 그럼 저게 평소대로란 말인가?

시현의 앞에서는 근엄한 모습을 유지하려고 했는데, 입가의 근육이 실룩실룩 움직이는 걸 막을 수가 없었다.

다시 허리를 편 시현은 처음 들어올 때의 주눅 든 표정으로 바뀌어 있었다. 시현은 걱정스러운 듯 눈을 크게 뜨고 차 회장에게 물었다.

"주, 주실 건가요? 역시…… 안 될까요?"

"하하하하하하하하!"

결국 차 회장은 웃음을 터뜨리고 말았다. 느닷없는 웃음에 시현은 어리둥절한 듯 준성을 쳐다봤다.

"제가 뭐 잘못했어요?"

준성이 웃었다.

"아니, 평소랑 똑같았어."

외계인이 분명한 손자가 데리고 온 여자는 깜짝 놀랄 정도

로 귀엽고 엉뚱했다. 게다가 저게 평소 모습이라니.

저 무뚝뚝한 손자 놈이 홀딱 빠진 것도 이해가 됐다.

준성이 차 회장을 바라보며 이것 보라는 듯 의기양양한 표정을 지었다. 손자의 그런 표정은 차 회장을 기분 좋게 만들었다. 차 회장은 처음으로 준성이 '인간'일지도 모르겠다는 생각을 했다.

차 회장은 간신히 웃음을 멈추고 시현에게 물었다.

"차민수 사장한테 해성 그룹을 주면 준성이랑 헤어지겠다고 했다면서요?"

"아, 그건…… 아닙니다. 생각이 바뀌었습니다."

"그럼 뭘 줘야 준성이랑 헤어지겠어요?"

준성이 인상을 찌푸렸지만 차 회장은 무시했다. 아니, 무시할 수밖에 없었다. 차 회장은 시현의 얼굴에서 눈을 뗄 수가 없었다.

차 회장의 질문을 듣는 순간 시현의 표정이 변했다. 조금 전 어쩔 줄 몰라 하던 그 귀여운 아이가 맞나 싶을 정도로 단호하고 고집스럽게 변한 얼굴은 상당히 매력적이었다.

아몬드형의 눈이 반짝 빛났다. 시현은 깜짝 놀랄 만큼 매혹적인 미소를 지으며 답했다.

"회장님 마음을 주세요. 회장님께서 절 친손녀처럼 예뻐해 주시면, 사장님과 헤어지겠습니다."

"이시현 씨가 손녀처럼 예뻐지면 우리 준성이랑 맺어 주고 싶어질 텐데……."

"네, 그러니까요."

시현의 당돌한 말에 차 회장은 속으로 혀를 찼다. 그제야 차민수의 말을 이해할 수 있었다. 시현은 당돌하고 고집 있고 똑똑한 여자였다. 그리고 저 당돌함과 엉뚱함이 평생 준성을 행복하게 해 줄 것이다.

그래서 차 회장은 친손녀인 민희에게도 잘 지어 주지 않는 다정한 미소를 지으며 말했다.

"그냥 그 외계인을 가져가요. 해성 그룹에서 차준성을 위해 쓸 수 있는 돈은 어차피 사억밖에 안 되니까."

5

긴장되는 시간을 끝낸 후 돌아오는 차 안에서 시현은 준성의 어깨에 기댄 채 축 늘어졌다.

"너무 무서웠어요."

"별로 그런 것 같지 않던데……."

"진짜 태어나서 최고로 긴장했던 것 같아요."

"흐음."

준성이 한 팔을 올려 시현의 어깨를 감쌌다.

"자기라고는 언제부터 불러 줄 거야?"

"어휴. 아직도 그 소리예요?"

"응. 불러 준다고 할 때까지 이 소리야."

"그럼…… 결혼하고 나면 그럴게요."

"내일 결혼할까?"

"우와, 사장님. 진짜 무드 없다."

"왜?"

"있죠, 여자는 프러포즈에 대한 환상이 있어요. 생애 딱 한 번 받는 근사한 프러포즈. 요새는 여자들이 먼저 프러포즈를 하기도 한다지만, 전 꿈 많은 여자라서 근사한 프러포즈를 받고 싶어요. 백마 탄 왕자님이 딱 와서 결혼해 줘, 라는 말을 하는 것 같은?"

"알겠어."

준성이 순순히 대답하자 시현은 불안해졌다.

"아, 그렇다고 진짜로 백마 타고 오진 마세요!"

"백마 탄 왕자가 좋다며?"

진짜로 할 셈이었구나!

하기 전에 말리기를 잘했다.

"말이 그렇다는 거죠. 사장님, 국어 성적 안 좋았죠? 비유 몰라요, 비유?"

"옛날 일이라서 다 잊었어."

준성이 안심하라는 듯 웃으며 시현의 머리를 쓰다듬었다. 시현은 다시 준성의 어깨에 머리를 기댔다.

"근데요, 사장님. 아까 희영 언니랑 얘기하다가 나온 말인데요. 우리 처음에 자선 파티 갔었잖아요."

"응."

"희영 언니가 그러는데, 사장님이 그때부터 절 보는 눈초리가 심상치 않았대요. 정말로 그때도 절 좋아하셨어요?"

"응."

"정말요?"

그냥 물어본 건데 긍정의 대답이 나올 줄은 몰랐다. 시현은 허리를 세우고 준성을 쳐다봤다. 준성이 왜 그렇게 놀라느냐는 듯 말했다.

"응, 그때도 좋아했어."

"어…… 그럼 언제부터요? 언제부터 절 좋아하셨어요?"

"가물가물한데……."

준성이 말하기 쑥스러운 듯 얼굴을 붉히며 반대쪽으로 얼굴을 돌렸다. 꼭 알아야 하는 건 아니지만 곤란해하는 모습이 귀여웠다.

"벌써부터 가물가물하면 어떡해요? 일 년도 안 된 일인데."

"왜 알고 싶어 해? 이걸 알면 기분이 좋아져?"

"네! 사랑받지 못하고 혼자인 줄 알았던 때인데, 사실 사장님이 절 좋아했다는 걸 알면 당연히 기분 좋죠."

"그래? 네가 기분 좋다면야……."

준성은 잠시 망설이다가 말했다.

"첫 면접 날, 자네가 화를 냈잖아."

"제가 언제요? 제가 뭐 만날 화내는 줄 아세요?"

"만날 화내잖아."

"……."

"아무튼 자네가 화를 냈어. 이 회사에 입사하고 싶다면서."

"아아."

시현은 그날의 일을 떠올렸다. 아주 먼 옛날의 일인 듯하면서도 어제의 일처럼 생생하게 떠오르는 추억. 당찬 포부를 밝혔는데도 귀찮다는 듯 '그래서?'라고 묻는 준성에게 화를 냈다기보다는 조금 언성을 높였던 기억이 있다.

"그때부터 좋아했어. 반짝반짝 빛나더라고."

부드럽게 말하는 준성의 음성에 시현이야말로 부끄러워졌다. 시현은 붉어진 얼굴을 보이고 싶지 않아서 얼른 준성의 어깨에 머리를 파묻었고, 준성은 짓궂게 웃으며 시현을 떼어냈다.

"왜? 얼굴 보여 줘. 기뻐하는 모습 좀 보자."

"에이, 됐어요. 혼자 기뻐할래요."

"보여 줘. 얼굴 빨개진 거 정말 귀여워."

"어휴, 됐다니까요."

이곳이 차 안이라는 걸 잊은 건지, 신혼부부처럼 알콩달콩 투닥거리는 두 사람의 모습을 보며 28년의 솔로 인생을 살아온 정후는 생각했다.

'아, 저 두 사람…… 진짜 싫다!'

『헬로우 웨딩』 끝.

기억 하나. 언제나 반짝이는

1

도저히 믿을 수가 없었다. 유리는 멍하니 자신이 사장이라고 불렀던 사람을 쳐다봤다. 평소에 유리에게 상냥하게 대해 주던 사장은 냉정한 표정으로 유리를 쳐다보고 있었다.

"저기, 사장님. 다시 한 번 말씀해 주세요."

"이번 달까지만 근무하고 나오지 말라고."

"도, 도대체 왜요?"

"그건 내가 묻고 싶은 말인데? 대체 뭔 짓을 하고 다니는 거야? 회사 망하게 하려고 작정했어?"

"네?"

"너, 그렇게 안 봤는데 아주 못 쓰겠어. 당장 자르지 않은 걸 다행으로 여겨!"

"사장님! 그러니까 이유라도 말씀해 주세요! 전 아무 짓도 안 했고요, 회사에서 잘릴 만한 행동을 한 적도 없어요. 이렇게 부당하게 해고하시는 거, 법적으로도 문제 있는 거 아니에요?"

"법? 김유리 씨, 뭘 모르는 모양인데 법이 김유리 씨를 위해서 움직여 줄 것 같아? 김유리 씨한테 뭐가 있는데? 막말로 우리 계약서 작성도 안 했잖아. 안 그래? 김유리 씨가 법으로 물고 늘어지면 나도 가만히 있지는 않지."

유리는 사장의 태도 변화가 믿어지지 않았다. 어제까지만 해도 '우리 유리'라며 다정하게 대해 주던 사장이었다. 내 딸이랑 비슷한 나이라고 잘해 주던 사장은 더는 이곳에 없었다. 분노보다는 황당함 때문에 대꾸도 못 하고 앉아 있었더니 사장이 말했다.

"건드리면 안 되는 사람을 건드린 모양인데…… 김유리 씨가 아무리 철딱서니가 없어도 조심해서 행동을 했어야지. 직원 하나 잘못 들여서 우리 회사까지 망할 뻔했어."

쫓겨나듯 사장실에서 나왔다. 사무실로 돌아가자 사원들이 유리의 시선을 피했다. 오늘 아침 출근 때부터 태도가 묘하다는 생각은 했지만 이런 일이 벌어질 줄은 몰랐다.

'대체 왜……?'

아무리 고민을 해 봐도 회사에서 잘릴 만한 이유가 떠오르지 않았다.

'건드리지 말아야 될 사람은 건드렸다고?'

문득 얼마 전 만났던 윤예나라는 여자를 떠올렸다. 그리고 이시현도. 하지만 이시현은 건드리지 말아야 할 사람은 아니다. 운 좋게 로운 클럽에 들어가기는 했지만 가족에게마저 버림받은 여자가 아니던가. 게다가 얼마 전에는 꽃뱀 사건에 연루되어서 큰 타격을 입기도 했다. 나중에 그게 모함이었다는 사실이 밝혀지기는 했지만 그렇다고 유리가 회사에서 잘릴 이유가 되진 않았다. 로운 클럽의 사장이 해성 그룹과 관계가 있다는 건 알지만 이시현이라는 존재가 사장을 움직이게 할 만큼 대단한 존재는 아니다.

'대체 왜지?'

유리는 왕따 아닌 왕따를 당하며 하루를 보냈다. 직원들 누구도 유리에게 말을 걸지 않았다. 자칫 잘못하다가 자신에게 불똥이 튈까 두려운 것처럼.

퇴근 시간이 되자마자 유리는 짐을 챙겼다.

그래, 이깟 회사 안 나오면 그만이다. 연봉을 많이 주는 것도 아니면서 야근은 밥 먹듯이 시키고, 그런 주제에 성장할 가능성도 없고. 이런 회사에서 젊음을 불태우느니 더 나은 회사를 찾아 재취직을 하면 된다.

유리는 보라는 듯이 짐을 챙겨서 도도하게 사무실을 나왔다. 문을 쾅, 세게 닫는 것도 잊지 않았다.

회사 건물 밖으로 나왔는데 누군가 유리의 앞을 막아섰다. 훤칠한 키에 값비싸 보이는 정장을 입은 근사한 외모의 남자였다. 어디서 본 것 같다는 생각이 들었는데 어디서 봤는지 도통 기억이 나지 않았다. 남자는 유리를 향해 부드럽게 미소를 지었다.

남자의 미소에 유리도 덩달아 웃었다. 헌팅 같은 거 좋아하지 않지만 눈앞의 남자는 몇 번이고 따라가 줄 수 있을 만큼 완벽했다.

그래, 나쁜 일이 있으면 좋은 일도 있는 법이지.

전화위복이라는 말이 떠올랐다. 회사에서 잘리지 않았으면 칼퇴근을 하는 일도 없었을 거고, 칼퇴근을 하지 않았더라면 이런 근사한 남자와 마주칠 일도 없었을 거다.

"김유리 씨죠?"

남자는 목소리도 멋졌다.

"네, 그런데요."

"차명성이라고 합니다."

"아아."

그제야 유리는 명성이 자신의 이름을 알고 있다는 것을 깨달았다. 헌팅이 아니다.

"모르는 척해도 되지만 그러기에는 제가 너무 마음이 약해서요. 몇 가지 이야기를 해 드리려고 찾아왔습니다."

"아, 누구신지……?"

"세상에는 말이죠, 건드리면 안 되는 사람이라는 게 있습니다."

새로운 만남에 대한 기대로 부푼 가슴이 급격히 쪼그라들기 시작했다. 명성의 미소는 여전히 근사했지만 그것이 오히려 유리를 불안하게 만들었다.

"그게 무슨……?"

"저를 건드리는 건 괜찮습니다. 로운 클럽의 차준성을 건드리는 것도 괜찮습니다."

로운 클럽이라는 말에 지워 버렸던 이시현이라는 이름이 다시금 떠올랐다.

"해성 그룹을 건드려도 되고, 제 친인척을 건드리는 것도 됩니다. 해성 그룹도, 제 친인척이나 저도 힘이 있으니까요. 김유리 씨가 아무리 건드려도 웃으면서 넘겨 버릴 수 있죠. 그러니까 우리는 건드려도 됩니다. 하지만 이시현 씨는 아니죠."

하마터면 다리에서 힘이 빠질 뻔했다. 유리는 숨도 쉬지 못하고 명성의 입술을 주시했다.

"시현 씨는 김유리 씨를 친구라고 생각했었죠. 그래서 털어놨는데 김유리 씨는 그걸 약점으로 삼고 시현 씨를 휘둘렀어요. 여자의 몹쓸 질투, 저는 그걸 싫어하지 않습니다. 하지만 사람의 아픔을 이용하는 건 아주 싫어요. 정말 끔찍하게 싫어하죠."

명성의 눈이 차갑게 빛났다. 미소를 곁들인 분노는 더 무서웠다.

"윤예나가 김유리 씨를 찾아갔죠. 이런저런 이야기를 했을 겁니다. 시현 씨가 드러내고 싶지 않은 이야기들, 김유리 씨가 전부 털어놨죠. 김유리 씨가 원한 대로 시현 씨는 아파했고 무너졌습니다. 하지만 다행히도 제가 있었고, 제 동생이 있었죠.

이제 김유리 씨가 알고 있는 시현 씨의 약점은 더 이상 약점이 아니게 되었습니다. 내년이 되고, 또 내후년이 되면 시현 씨는 그 약점을 농담 삼아 이야기할 수도 있게 되겠죠."

"저, 저는……."

"내 얘기 아직 안 끝났습니다, 김유리 씨. 끝까지 들으세요. 시현 씨는 아주 착해요. 그리고 씩씩하죠. 난 시현 씨에게 물었습니다. 김유리 씨를 어떻게 처리해 줬으면 좋겠느냐고요. 그랬더니 시현 씨가 뭐라고 했을까요? 지금은 대답해도 좋습니다."

"저를…… 회사에서 자르라고 했겠죠."

"아니요. 틀렸습니다. 그런 대답은 김유리 씨가 하는 대답이겠죠. 시현 씨는 놔두라고 했습니다."

"착한 척은……."

명성의 얼굴에서 미소가 사라졌다. 유리는 자기가 말을 잘못 했음을 깨닫고 얼른 입을 다물었지만 명성의 표정은 풀리지 않았다.

"그러게요. 그게 착한 척이든 아니든 어쨌든 아량을 베풀어 주지 않았습니까? 아주 감사하죠?"

"……네."

감사하다는 생각은 조금도 없었다. 시현이 어떻게 해성 그룹의 관계자와 깊은 사이가 된 건지는 모르겠지만, 착한 척을 하면서 뒤에서는 깔깔 웃을 시현을 떠올리니 속이 부글부글 끓었다.

"그런데 난 시현 씨처럼 아량이 넓지 못해서요. 그래서 김유리 씨를 그냥 두고 싶지 않더라고요."

"네?"

"김유리 씨는 시현 씨가 어떤 일에 휘말릴지 예상했으면서도 그 짓을 했죠. 그런 것들을 털어놓으면 시현 씨가 아주 큰 충격을 받을지 알면서도, 어쩌면 자살을 할지도 모른다는 생각을 했으면서도 김유리 씨는 그런 짓을 했어요."

"그, 그런 건 아니에요!"

발작적으로 외쳤지만 명성은 표정을 바꾸지 않았다. 유리의 외침이 모기의 웽웽거리는 소리보다 못하다는 듯이.

"앞으로 김유리 씨는 어느 회사에도 취직할 수 없을 겁니다. 결혼을 하면 되지, 그런 생각을 할지도 모르겠지만…… 글쎄요. 결혼, 그것도 김유리 씨에게는 쉽지 않겠죠. 김유리 씨가 무엇을 하든 김유리 씨의 삶에는 내 손이 닿게 될 겁니다. 반성하고 또 반성할 때까지 내 손은 계속 김유리 씨의 삶을 건드리겠지요."

경고 따위가 아니었다. 명성이 하는 말은 선포였다. 앞으로 네 인생을 내가 쥐고 흔들겠다, 너의 숨통을, 네 심장을 내가 꽉 잡고 놓지 않겠다, 네가 죽는 날도, 사는 날도 내가 결정하겠다. 그러한 선포였다.

유리는 하얗게 질린 얼굴로 명성을 쳐다봤다. 반박할 말조차 떠오르지 않았다. 애원해야 한다는 생각조차 들지 않았다. 명성의 눈빛은 너무도 서늘해서 한마디라도 소리를 냈다가는 차가운 칼에 목이 꿰뚫릴 것 같았다.

"그러니까 조용히 숨만 쉬고 사세요. 평생을 후회하면서."

명성이 돌아간 후, 유리는 부들부들 떨며 휴대폰을 꺼냈다. 시현에게 전화를 걸어야만 했다. 시현에게 도움을 청해야 한다는 게 끔찍이 싫었지만 어쩔 수 없었다. 차명성이라는 이름을 어디서 들었었는지 떠올랐기 때문이다. 해성 그룹 사장의 아들.

다른 건 몰라도 해성 그룹의 힘이 얼마나 강한지는 알고 있었다. 그 그룹이 아무것도 없는 서민 하나쯤은 손쉽게 해치울 수 있다는 것도. 회사 사장이 벌벌 떨며 자신을 자른 이유를 알 수 있었다. 한 회사를 망하게 할 수 있는 그룹인데 개인에게는 오죽하겠는가.

시현은 전화를 받지 않았다. 그래서 유리는 택시를 잡아타고 로운 클럽으로 향했다. 어떻게든 시현을 만나야 한다는 생각뿐이었다.

로운 클럽 본사의 로비에 들어서자 한 남자가 유리의 앞으로 걸어왔다. 유리는 그 남자를 어디서 봤는지 알 수 있었고, 더불어 명성도 예전에 한 번 봤던 얼굴이었다는 걸 깨달았다. 동창 모임을 하던 바에서 그들을 봤었다.

"김유리 씨. 정말로 찾아왔네요. 여기까지 찾아올 정도로 뻔뻔한 사람은 아닐 거라고 생각했는데."

남자는 예쁘장한 얼굴과는 달리 매서운 목소리로 말했다.

"명성 형님이 김유리 씨를 찾아갔었죠? 그리고 저한테 연락을 하셨습니다. 김유리 씨가 시현 씨를 만나러 여기로 올지도 모른다는."

"저, 저는요……."

"아시는지 모르겠는데…… 우리 사장님이 시현 씨를 아주 많이 사랑하세요. 사장님 사랑만으로도 버거워서 시현 씨가 김유리 씨를 상대해 줄 틈이 없습니다. 이건 명성 형님의 전언입니다."

"제, 제발요. 제발 시현이를……."

"긴 얘기 아니니까 거기 서서 들으세요."

남자는 유리의 말을 들을 생각이 없다는 듯 단호하게 말했다.

"명성 형님이 그러셨습니다. 시현 씨에게 접촉을 시도하는 순간, 김유리 씨는 가족 생각도 해야 될 거라고."

그게 무슨 뜻인지 유리는 알았다.

지금은 너의 삶만 쥐고 있겠지만, 시현을 건드리는 순간 너의 가족들 역시 힘들어질 거라는 경고였다. 그래서 유리는 한 걸음도 앞으로 나갈 수 없었다. 남자는 이제 그만 가라는 듯 문을 가리켰고, 유리는 마른침만 꿀꺽꿀꺽 삼키다가 도망치듯 그곳을 빠져나왔다.

[네가 시현이한테 한 짓에 대해 들었어. 너 정말 끔찍하다.]

라는 친구들의 문자를 받은 것은 그로부터 한 시간도 지나지 않았을 때였다. 그리고 유리는 자신이 쥐고 있던 것이 모조리 빠져나갔다는 것을 깨닫게 되었다.

2

시현은 그냥 두라고 했지만 그럴 순 없었다. 유리 같은 사람은 그냥 두면 평생 자기가 무슨 잘못을 했는지 모른 채 살아가게 된다. 어쩌면 나중에라도 시현의 발목을 잡는 일이 생길지도 몰랐다.

명성은 고개를 들어 새파란 하늘을 올려다봤다.

지금쯤 준성과 시현이 탄 비행기가 미국을 향해 출발했을 것이다. 희영의 결혼식 참석을 위해서였다.

며칠 전 준성이 명성을 불러,

"형. 백마 좀 준비해 줘."

라고 말했을 때는 뒤통수를 한 대 때릴 뻔했다.

시현 씨가 하는 말을 곧이곧대로 받아들이지는 말라고, 이 멍충아!

아주 오랜만에 소리를 지를 뻔했지만 간신히 품격을 유지했다. 품격을 유지한 명성 대신에 민희가 품격을 잃기는 했지만.

준성의 정강이를 호되게 발로 찬 민희는,

"이 진상아. 그냥 이름을 차진상이라고 바꾸지그래? 와, 진짜 시현이한테 내가 다 미안할 정도네. 낙타로는 부족해?"

라며 준성을 비난했다. 준성은 자기가 뭘 잘못했는지 모르겠다는 표정이었다.

"왜? 시현이가 백마 탄 왕자에게 프러포즈를 받고 싶대."

"그래, 백마는 있지만 왕자가 없잖아. 대체 왕자는 어디서 구하려고?"

"아……."

그제야 준성이 깨달음을 얻었다.

"설마 오빠가 왕자일 거라고 생각한 건 아니지? 그런 거면 너무 뻔뻔한 거야. 너무! 심하게!"

"내가 생각이 짧았어."

"알면 됐네요. 시현이한테 안 차이게 조심해. 괜히 자기가 왕자일 거란 착각 같은 거 하지 말고, 그냥 인간으로 보일 수 있는 것에 감사하고."

"응."

"근데…… 오빠, 프러포즈하게?"

"응."

"너무 빠른 거 아냐?"

"빠르긴요. 얼른 해서 시현 씨 붙잡아 둬야죠."

정후가 준성 대신 대답했다.

"그래도 시현이 인생은 어쩌고? 시현이도 충분히 제대로 된 인간 만나서 행복하게 살 수도 있는 건데 차 사장 프러포즈 받으면 딴 남자 만나 보기 힘들어지잖아."

"시현 씨한테는 아주 미안한 일입니다만…… 어쩔 수 없습니다. 시현 씨 없으면 제가 너무 힘들어져서 이젠 안 되겠어요."

"김 비서, 그렇게 안 봤는데…… 자기 힘들다고 오빠를 시현이한테 떠넘기는 거야?"

"아가씨가 제 상황이 되어 보세요. 사장님이 시현 씨 짝사랑할 때 어땠는지 아시잖습니까. 매일 옷 입고 수영장 들어가시는 바람에 옷 사다가 날라야 하고…… 어쩌다 표정이라도 심각하면 또 그거 눈치 봐야 하고. 후, 두 번 다시는 하고 싶지 않습니다."

"하아. 어쩌다가 저런 거랑 엮여서는."

"시현 씨만 불쌍하게 됐죠."

"무슨 심청이도 아니고."

"그러게요."

정후와 민희가 시현의 남은 인생을 안쓰럽게 여기며 혀를 차는 동안 명성은 싱글싱글 웃고 있었다. 그런 이야기들을 들으면서도 마냥 행복해 보이는 준성의 표정이 마음에 들었기 때문이다.

준성의 '백마 탄 왕자' 프러포즈는 '넌 왕자가 아냐!'라는 민희의 강력한 반대로 무마되었지만, 다른 방법으로 화려한 프러포즈를 해 주기로 했다. 준성과 시현이 한국에 돌아올 때면 그 준비가 끝나 있을 것이다.

"이젠 시현 씨, 행복할 일만 남았네요. 뭐, 준성이 녀석 데리고 살려면 골치 좀 아프겠지만."

명성은 하늘을 날고 있을 시현을 향해 말해 주고는, 정후와 민희를 만나기로 한 장소로 출발했다.

3

차 회장은 회사에 찾아온 정체 모를 외계인을 물끄러미 쳐다봤다. 회장실에 들어온 준성은 꾸벅 인사를 하고는 양해를 구했다.

"미국에 다녀왔더니 힘들어서 좀 누워도 되겠습니까?"

차 회장은 놀라웠다. 누워야 하는 이유에 대해 설명하다니.

사람이 사랑을 하면 한결 성숙해진다는 것은 알고 있었지만 이렇게까지 성장을 할 줄은 몰랐다.

"누, 누워라."

준성은 소파에 늘어져 한참 동안 빈둥거렸다. 빈둥거리는 준성을 놔두고 차 회장은 업무를 봤다. 이제 몇 가지를 더 해결한 후에 회장직을 내려놓을 예정이었다. 얼마 전 윤 의원에게 얽힌 일을 해결한 후, 차 회장도 자신의 인생에서 뭔가가 흩어진 듯한 기분을 받았다. 권력과 돈이 얼마나 허무한 것인지 가슴이 쓰릴 정도로 깨달았다.

권력의 최정상에서 손가락을 휘두르며 사는 것보다 부인과 함께 시골로 내려가 조용히 남은 생을 보내고 싶었다. 그러고 보면 일 때문에 가족들과 도란도란 시간을 보낸 적이 별로 없었다.

"감사합니다, 할아버지."

차 회장은 화들짝 놀라 벌떡 일어나고 말았다. 어쩌면 자신이 환청을 들은 건지도 모른단 생각을 했다. 하지만 어느새 일어난 준성이 차 회장을 똑바로 바라보며 다시 한 번 말했다.

"감사합니다, 할아버지."

차 회장은 하마터면 울음을 터뜨릴 뻔했다.

감사 인사라니! 외계인이 감사 인사를 하다니! 인간이 되어 가고 있잖아!

하지만 우는 대신 헛기침을 했다.

"흠흠. 가, 갑자기 그게 무슨 소리냐?"

일을 하면서 여러 소송에 휘말려 대법원에도 가 봤던 차 회장이지만 목소리가 떨린 것은 이번이 처음이다.

"할아버지께서 도와주신 덕분에 조용히 해결을 할 수 있었습니다."

"아, 그래……."

"결혼하려고 합니다."

"결혼을? 시현이랑?"

"네."

"그, 그 아이가 너랑 결혼을 해 주겠다던?"

"오늘 저녁에 프러포즈하려고요."

"무, 무슨 짓을 하려고? 너, 괜한 짓을 해서 차이는 거 아니냐?"

"명성이 형이랑 민희가 도와줬습니다."

"걔들을 어떻게 믿어!"

"역시 제가 생각한 대로 할 걸 그랬나 봅니다."

"넌 무슨 생각을 했는데?"

"시현이가 백마 탄 왕자를 원해서, 백마를 타고……."

"아니, 됐다. 그냥 명성이랑 민희를 믿고 맡겨라."

차 회장은 더 들을 것도 없다는 듯 단호하게 말했다.

차 회장의 눈에 시현은 아주 귀엽고 괜찮은 손주며느리감이었다. 외모는 둘째 치고 성격이 마음에 들었다. 힘든 일을 경험했는데도 씩씩한 모습이 좋았고, 해성 그룹의 사장 앞에서 당당하게 4억 운운할 수 있는 마음가짐도 좋았다. 게다가 준성이 '감사 인사'라는 것을 할 수 있게 만들어 준 아이다. 그런 아이는 두 번 다시 없을 것이다.

시현이 준성을 사랑하는 이유에 대해서는 도무지 알 수 없지만, 어쨌든 준성이 일을 망쳐서 시현을 놓치는 꼴을 볼 수는 없었다. 놀이공원에서 낙타를 태우고 돌아다닌 남자인데도 떠나지 않은 시현이지만 프러포즈는 그 의미가 다르다. 왕자도 아닌 녀석이 백마를 타고 등장하는 모습에 기함을 하며 도망쳐버리면 어떻게 한단 말인가.

차 회장의 고민은 아무래도 좋다는 듯 뒹굴거리던 준성이 자신만만한 표정으로 일어났다.

"그럼 할아버지, 가 보겠습니다."

"어…… 그래라."

차 회장은 건성으로 대꾸했다. 준성이 나간 후, 차 회장은 깊은 한숨을 내쉬었다.

'저 녀석 또 차이면 어쩌누.'

4

인테리어를 싹 뜯어고치는 일은 생각보다 힘든 일이었다. 단순히 소품 몇 개만 가져다 놓는다고 되는 일이 아니니까.

테마파크처럼 일종의 테마룸을 만들어야 하는데, 그 테마가 한 종류가 아니니 더 큰 일이었다. 소품을 구입하고 배치하는 것만으로도 정신이 없는 마당에 공간 자체를 뜯어고쳐야 하니 일이 많아졌다.

그래도 미국에 가 있는 동안 민희가 많은 부분을 진행시켜 두었다. 얼마나 정신없이 채찍질을 해댔으면, 인부들은 시현이 돌아오자 마치 '성녀'를 만난 사람들처럼 환호했다.

"시현 씨, 이 일이 끝날 때까지 어디도 가지 마세요!"

"제발 시현 씨가 계속 이 일을 담당해 주세요!"

그들의 울부짖음을 들으며 시현은 이들을 가혹하게 몰아쳤을 민희의 모습을 떠올렸다. 한 손에 채찍을 들고 깔깔 웃으며 명령을 내리진 않았겠지만, 그런 모습이 그려지는 걸 막을 수는 없었다.

더 문제는 이슈가 될 만한 연예인을 섭외하는 일이었다. 몇몇 동료들이 자신이 담당하고 있는 연예인을 소개시켜 줬지만 다들 거절했다. 결혼 정보 회사에 등록한 것을 알리고 싶지도 않고, 그런 걸로 구경거리가 되고 싶지 않다는 이유였다.

게다가 꽃뱀 사건으로 인한 로운 클럽의 이미지 하락도 그 이유 중 하나였다. 윤예나가 꾸민 짓이라는 것이 밝혀지긴 했지만 그래도 사람들의 머릿속에서 로운은 꽃뱀이라는 이미지를 지우는 게 쉽진 않았다. 그나마 다행인 것은 파스텔이 문을 닫으며 많은 사람들이 로운으로 옮겨 왔다는 점이었다.

시현은 소파에 파묻듯 앉아 시원한 아메리카노를 손에 쥐었다. 약속 시각으로부터 10분이 지났지만 상대는 아직 나오지 않았다. 하지만 상대가 늦게 나와서 차라리 다행이라는 생각이 들었다. 최근엔 정말 숨 돌릴 틈 없이 바빴기 때문에 이렇게라도 쉴 시간을 가질 수 있는 게 좋았다.

어쩌면 도망치기 위해 바쁘게 움직이는 건지도 모르겠다는 생각이 들었다. 인테리어를 바꾸는 것도, 테마룸을 꾸미는 것도 굳이 시현이 나서야만 하는 일은 아니었다. 그런데도 자청해서 그 일들을 도맡은 이유는 과거를 받아들인 후에 찾아온 가슴의 헛헛함을 지우기 위해서일 것이다. 바삐 움직이는 동안에는 다른 생각이 들지 않으니까.

가만히 생각해 보면 채 일 년도 되지 않는 기간 동안 일어난 일들이다. 로운에 입사를 한 지 아직 일 년도 안 되었다는 게 신기했다. 너무 많은 일들이 벌어졌다. 처음에 집을 나와 바쁘게 살 때도 이렇게까지 정신이 없지는 않았는데.

"늦어서 미안해. 오래 기다렸어?"

허스키한 음성에 고개를 들었다. 오늘의 약속 상대가 테이블 옆에 서 있었다. 시현은 황망히 일어났다.

"안녕하세요, 지하나 씨. 이렇게 나와 주셔서 정말 감사합니다."

"감사하긴. 여기 분위기 좋다."

지하나는 꼿꼿하게 서서 커피숍 안을 쭉 둘러본 후 시현의 맞은편에 앉았다.

원래는 지하나에게까지 연락할 생각이 없었다. 워낙 유명한 여배우라서 감히 연락할 생각을 못 했다는 이유도 있지만, 지난번 패션쇼장에서 마주쳤을 때 준성이 그녀를 '바이'라고 했기 때문이다. 여자와도, 남자와도 연애를 할 수 있는 사람. 그렇게 자유로운 사람이니 결혼 정보 회사의 새로운 기획 따위에 관심을 가져줄 이유가 없을 것이다.

하지만 모두에게 거절을 당하고 지푸라기라도 잡는 심정으로 지하나에게 연락을 했을 때, 지하나는 의외로 관심을 보였다.

지하나가 워낙 유명하니 남들의 이목을 생각해 손님이 별로 없는 커피숍으로 약속을 잡았다. 하지만 이렇게 화려하게 빛나는 지하나를 앞에 두니 과연 이런 곳으로 괜찮을지 의문이 들었다. 혹시 커피숍을 통째로 빌려야 했던 걸까?

유명 배우를 상대해 본 적이 없어서 어떤 것이 격에 맞는 행동인지 알 수 없었다.

시현의 고민을 눈치챈 듯 지하나가 시원스럽게 말했다.

"여기 딱 좋아. 나, 그렇게 남의 눈 신경 쓰는 타입은 아니거든. 연예인이 별거야? 텔레비전에 나온다 뿐이지 다 똑같은 사람인데. 그나저나 자기, 곤란한 일 당했었지? 윤 의원 딸 때문에."

"아아, 네. 그런 일이 있었죠."

"그런 일을 당한 것치고는 얼굴이 좋네. 반들반들. 준성 씨 덕분인가?"

"아…… 네."

시현이 얼굴이 붉히자 지하나가 작게 웃었다.

"나, 봤어. 놀이공원 낙타녀."

"헉!"

"매력 넘치더라, 준성 씨. 어떻게 그런 생각을 했지?"

"정말 창피했어요."

"창피하긴. 모두의 주목을 받는 건데. 사람이 살면서 그렇게 주목을 받을 일이 얼마나 있겠어?"

"그렇게 생각할 수도 있는 거군요."

"그래, 생각하기 나름이지. 그래서 새 기획은 어떤 거야? 나한테 연락할 정도면 재미있는 거겠지?"

"아, 네. 여기 자료를 가지고 왔어요."

시현은 준비해온 자료를 지하나에게 건넸다. 여러 사진이 첨부되어 있어서 상당히 두툼했다. 지하나는 다리를 꼬고 앉아 천천히 자료를 읽어 내려갔다.

"테마라……."

마지막 장까지 다 읽은 지하나가 자료를 테이블 위에 내려났다. 시현은 자신이 눈도 깜빡거리지 않고 지하나의 입술만 쳐다봤음을 깨달았다. 마른침을 삼키며 지하나의 의견을 기다렸지만 지하나는 테이블 위의 서류만 내려다볼 뿐 말을 꺼내지 않았다. 결국 시현이 먼저 입을 열었다.

"저…… 어떠세요?"

"음. 솔직한 의견을 원해?"

"……네."

"어린애들 장난 같아."

지하나가 망설임 없이 말했다. 시현은 무릎 위에 올린 손을 꽉 움켜쥐었다.

"유치해. 유치해서 웃음이 다 나올 정도야. 코스프레를 하고 미팅이라니. 그런 웃기는 짓을 누가 하겠어? 다른 연예인들이 거절할 만도 해."

"아…… 그런가요?"

"응, 그래. 신선하긴 하지만 유치하다는 게 내 솔직한 감상이야."

"네에……."

난도질하는 듯한 거침없는 평가에 시현은 할 말을 잃었다. 유치하다는 평을 들을 줄은 알았지만, 이렇게까지 몰아붙일 줄은 몰랐다. 애초에 기획 단계부터 유치하다는 얘기는 있었어도 재미있을 것 같다는 의견 또한 있었다. 그래서 통과된 기획이었다. 그런데 이렇듯 처참한 반응이라니.

"그게 다야?"

"네?"

"자기 반응, 그걸로 끝이냐고."

"아…… 저 무슨……?"

지하나가 팔짱을 끼고 미간을 좁혔다.

"그런 반응은 별론데. 나 같은 대배우에게 뭔가를 부탁하려는 거잖아. 그러면 이 정도 까일 건 예상해야 하는 거 아니야? 난 자기가 귀여워서 좋긴 하지만 이건 그런 사적인 감정을 개입할 만한 일이 아니야. 설마…… 이런 종이 몇 장 던져놓고는 내가 오케이할 거라고 생각한 건 아니겠지?"

"아, 그런 건 아니에요."

"그래? 그럼 얘기해 봐. 내가 관심을 보일 수밖에 없도록 만들어 줘."

시현은 정신을 차렸다. 단지 아는 사이라는 이유만으로 제대로 된 설명도 없이 안일하게 앉아 있었다니. 시현의 실수였다.

"설명할 기회를 주셔서 감사합니다. 사실 이 기획은 VIP 회원들보다는 일반 회원들을 대상으로 하여 만들었습니다. VIP 회원들은 해외에 나갈 일도 많고 파티를 경험할 기회도 많지만, 일반 회원들은 그렇지 않으니까요. 그래서 일반 회원들도 잠시나마 일상에서 벗어나 꿈을 꿀 수 있도록 도와 드리고 싶었습니다."

"꿈을 꾸는 거랑 유치한 건 다르잖아."

"네, 하지만 유치하기에 더 꿈을 꿀 수 있는 게 아닐까 싶습니다. 어릴 적에는 이런저런 상상을 하죠. 공주가 되는 상상, 영웅이 되는 상상…… 하지만 대학생이 되고, 취업을 준비하고, 또 회사를 다니게 되면서 그런 상상은 점점 사라지고 머릿속에 가득한 건 통장에 남은 잔금, 칼퇴근, 짜증 나는 상사…… 그런 것들이 되더라고요. 상상을 한다고 해도 상사에게 버럭 화를 내는 상상, 로또에 당첨되는 상상 같은 게 전부고요."

"그래서?"

"잠시라도 그 일상에서 벗어날 수 있는 공간, 잠시라도 현실에서 벗어나 허무맹랑한 공상을 할 수 있는 공간, 그 비일상적인 공간에서의 만남이 바로 이번 기획의 요지입니다. 저는 로운 클럽을 찾아오는 분들이 꿈을 꿀 수 있도록 도와 드리고 싶습니다."

"꿈을 깬 후에 얼마나 허무해질지는 생각 안 해 봤어?"

지하나가 정곡을 찔렀다. 하지만 시현은 흐트러짐 없이 대답했다.

"예전에 너무 힘들었는데요. 그때 딱 하나, 꿈을 가지고 있었습니다. 저는 그 꿈을 꾸면서 쭉 살아왔습니다. 그게 제 구명 밧줄이었죠."

새울을 그 집에서 데리고 나와 행복하게 해 줄 거라는 꿈.

"하지만 깨어 보니 그것은 헛된 꿈이었어요. 이루어지지 않을 꿈이었죠. 아니, 오히려 그것이 악몽의 근원이었던 거예요. 하지만 그 바로 옆에 또 다른 것이 기다리고 있더라고요. 그건 꿈이 아니라 현실이었죠."

로운 클럽 입사, 거기서 만나게 된 좋은 사람들.

"저는 꿈을 꿨기 때문에 쭉 걸어올 수 있었고, 그 덕분에 현실을 잡을 수 있었다고 생각합니다. 꿈이 없으면 현실도 없다고 생각해요. 그래서 다른 분들도 잊고 있던 꿈을 다시 꿀 수 있도록 도와 드리고 싶고요."

지하나는 고개를 살짝 옆으로 기울이고 시현의 이야기를 들었다.

"그건 너무 허무맹랑해."

"네, 맞아요. 그런데 따지고 보면 사랑도 그렇잖아요. 허무맹랑하고 유치하고 꿈꾸는 소리죠."

"그건 그래."

"그래서 웃음이 나올 정도로 유치하고 어린애들 장난 같을 필요가 있다고 생각합니다. 처음에 펜팔을 기획했을 때도 그런 얘기 많이 들었는데 지금 한 커플이 성공해서 결혼까지 했거든요."

"아아. 저축은행 회장 딸?"

"네."

"흐음."

지하나는 다시 자료를 들어 한 장 한 장 넘겨보기 시작했다.

"그거 알아?"

지하나가 서류에 눈을 둔 채로 물었다.

"네?"

"자기, 꿈꾸는 얘기할 때 정말 예쁘다는 거."

숨이 턱 막히게 예쁜 사람의 입에서 예쁘다는 칭찬이 나오니 쥐구멍에 들어가고 싶은 심정이 됐다.

"뭐, 괜찮겠지. 웃음이 나올 정도로 유치하지만 재미있을 것 같기는 해. 내가 해 줄게."

"정말요?"

"그럼 거짓말하려고 여기까지 나왔겠어? 난 화려한 게 좋거든. 누구보다도 화려하게 해 줘. 오랫동안 이야깃거리가 되도록."

5

정후와 민희는 나란히 서서 중세 유럽풍으로 화려하게 꾸며진 테마룸을 둘러봤다. 중세 유럽풍의 공간은 대대적인 파티에도 사용할 수 있게끔 넓은 장소에 꾸며졌다. 완성된 공간은 눈이 부시도록 아름다웠다.

"시현이 기획이 결국 여기까지 왔네."

"그러게요. 처음에는 부정적인 의견이 많긴 했는데……."

"로운은 다 남자 사원인데 용케 이런 기획이 통과됐어."

"시현 씨가 눈을 번쩍번쩍 빛내면서 밀어붙이면 반대하기가 힘들어지거든요. 게다가 펜팔 기획도 잘되어가고 있고요. 다른 사원들도 도입해서 시도했는데 결과가 꽤 괜찮나 봐요."

"되게 유치한 기획들인데 말이지."

"네, 그래서 아무도 생각하지 못했죠. 회원들이 그런 걸 따라줄 거라는 보장도 없고."

"잘될 것 같아?"

"글쎄요. 홍보를 얼마만큼 하느냐에 달렸겠죠. 오늘 시현 씨가 지하나 씨 만나고 온다고 하더라고요."

"지하나? 그 지하나?"

"네."

"걔는 그런 사람을 어떻게 알고 있대?"

"그러게요. 시현 씨가 의외로 발이 넓은 사람일지도 모르겠어요. 뭐, 성격이 좋으니까요."

자연스럽게 시현을 칭찬하는 정후를 민희는 말끄러미 올려다봤다. 민희의 시선을 느낀 정후가 왜 그러냐는 듯 민희를 돌아봤다.

"김 비서, 내 눈 못 속이는 거 알지?"

"네?"

"시현이 좋아하는구나?"

"네에?"

정후의 눈이 커졌다.

"그래, 뭐. 시현이는 사랑스러우니까. 이놈이나 저놈이나 다들 시현이한테 꽂혔네."

"아, 잠깐만요. 아가씨. 그건 아닌데요. 저는 시현 씨에게 그런 생각은……."

"됐어. 변명은…… 좋아할 만하잖아. 자기 상사가 사랑하는 사람이라고 사랑하지 말라는 법도 없고. 용케 명성 오빠한테 안 걸렸네. 아, 명성 오빠도 아나?"

"아, 진짜 아니에요, 아가씨. 전 시현 씨한테 그런 감정은 정말 요만큼도 없습니다, 요만큼도!"

정후가 검지 손톱을 보여 주며 외쳤다.

"너무 강경하게 말하니까 오히려 의심스러운데?"

"아, 정말 있지도 않은 사실 가지고 밀어붙이니까 그렇죠."

"됐어, 아무한테도 말 안 해. 걱정 마."

"아니, 말할 게 걱정이 되는 게 아니라…… 진짜로 시현 씨한테 그런 감정 없다니까요?"

"흐응. 그래, 그래."

민희는 고개를 끄덕였지만 믿는 눈치는 아니었다.

"아, 진짜로요, 아가씨!"

"알았다니까?"

"전혀 안 것 같지가 않은데요."

"뭐, 시현이면 그럴 법도 하다는 생각이 드니까 그렇지. 명성 오빠도 그렇고. 요샌 우리 할아버지도 시현이한테 콱 꽂혀 있는 것 같거든. 시현이가 차 사장 버릴까 봐 엄청 걱정하는 눈치시더라고."

"회장님도요?"

"응. 또 누가 그래?"

"네. 저번에 사모님이 불러서 시현 씨 못 도망가게 사람 붙여놓으라고……."

"큰어머니까지? 아이고, 우리 시현이. 이제 정말 빼도 박도 못 하게 됐네."

"그러게요. 어떻게 보면 희생자죠. 해성 그룹으로 인한 희생자."

"왜 하필이면 차준성이었을까? 뭐, 명성 오빠보다야 차준성이 낫긴 하지만…… 차라리 우리 김 비서한테 반했으면 좋았을 텐데. 그렇지?"

민희가 불쌍하다는 듯 정후의 뺨을 쓰다듬었다. 정후는 한숨을 쉬며 민희의 손을 떼어냈다.

"정말로 그런 오해받을 소리 하지 마세요. 저는 시현 씨한테 요만큼의 관심도 없으니까."

그런 얘기를 하고 있을 때 시현이 들어왔다. 정후는 시현이 지금의 대화를 들었을까 봐 걱정이 되었지만,

"우와, 진짜 멋지다!"

라고 외치는 시현에게선 얘기를 들은 기미를 찾아볼 수 없었다. 정후는 안도하며 시현에게 말했다.

"일단 이쪽 인테리어는 끝났습니다. 다른 곳들도 이번 달까지는 끝날 것 같고요. 지하나 씨는 뭐라던가요?"

"해 주신대요. 바로 첫 홍보 기획 짜서 지하나 씨에게 보내려고요."

"와, 수고하셨습니다. 시현 씨."

자기 일처럼 기뻐하는 정후에게 민희가 의미심장한 시선을 보냈다. '이것 봐, 넌 시현이 일에 이렇게 기뻐하잖아. 이게 사랑이 아니면 뭐니?'라는 눈빛이었다. 하여간 저 아가씨 신경 쓰여서 마음 놓고 시현을 칭찬해 주지도 못하겠다.

정후는 시현이 민희와 대화를 하도록 유도하고 복도로 나왔다. 슬슬 올 시간이 됐다.

[시현 씨 왔냐?]

휴대폰을 꺼내자마자 명성에게서 문자가 왔다.

[네, 형님 쪽은요?]

"준비 끝."

대답은 복도 끝에서 들려왔다. 어느새 올라온 명성이 엄지를 척 들어 올리고 웃고 있었다. 준성은 명성의 뒤에 서 있었다. 정장을 멀끔히 차려입은 준성의 모습에 정후는 흐뭇한 미소를 지었다.

아, 우리 사장님. 이제 정말 다 크셨구나.

챙겨 주지 않아도 알아서 척척. 프러포즈에 딱 어울리는 복장이다. 평소엔 무슨 생각을 하는지 알 수 없지만 지금만큼은 준성이 긴장하고 있다는 게 느껴졌다. 즐거워 보이지만 약간은 굳은 표정. 어쩌면 차일지도 모른다고 걱정하고 있을지도.

뒤를 쳐다봤더니 민희가 시현과 대화를 하며 이쪽을 보고 있었다. 준비할까, 라는 눈빛에 정후가 가볍게 고개를 끄덕였다.

"앉아서 얘기하자."

민희가 시현의 허리에 살짝 손을 대고 안쪽으로 이끌었다.

"앉아도 될까?"

"네가 여기 안방마님이잖아."

"안방마님은 무슨."

"살롱의 주인이라고 해야 하려나?"

"살롱, 그거 괜찮다. 프랑스엔 아직도 살롱이 있대. 난 역사적 유물인 줄 알았는데."

"바보 같긴."

민희는 시현을 데리고 안쪽으로 들어가 붉은 벨벳으로 만든 소파에 시현을 앉혔다.

"넌 안 앉아?"

시현이 여전히 서 있는 민희를 올려다봤다. 민희는 소파에 앉는 대신 시현의 앞에 한쪽 무릎을 꿇고 앉아 시현을 올려다봤다. 생각지 못한 행동에 시현의 눈이 커졌다.

"이시현, 너 참 매력 있는 거 알아?"

"갑자기 왜 그래?"

"네가 너 자신을 어떻게 생각할지는 모르겠는데, 나는 널 만나서 정말 즐거워. 넌 정말 씩씩해서 보고 있으면 나도 기분이 좋아지거든."

"뭐야, 프러포즈라도 하려는 거야?"

시현의 장난스러운 말에 민희가 진지하게 고개를 끄덕였다.

"응, 프러포즈하게."

"엑?"

민희의 파격 발언에 놀라고 있는데, 갑자기 수많은 사람들이 나타나 시현을 향해 열 맞춰 걸어왔다. 검은 정장을 입고 두 줄로 나란히 서서 걸어오는 남자들. 시현은 그 남자들의 얼굴을 알고 있었다.

"대리님, 과장님…… 다들 왜……?"

로운의 직원들이었다.

시현의 놀란 표정에도 아랑곳하지 않고 직원들은 입구에서부터 시현에게 이르기까지 두 줄로 서서 멈췄다. 그리고 몸을 돌려 서로를 마주봤다.

그들은 손에 악기를 하나씩 들고 있었다. 시현은 그들이 그것을 들어 올릴 때까지 그 존재를 눈치채지 못하고 있었다. 실로폰, 캐스터네츠, 트라이앵글, 탬버린, 리코더…… 초등학교에 다닐 때나 봤던 악기들.

"저 사람들이 다룰 수 있는 악기가 저것뿐이래. 멋없다니까, 진짜."

라며 일어난 민희도 그들 사이에 합류하더니 주머니에서 트라이앵글을 꺼냈다. 시현은 대체 무슨 일이 벌어지는 건지 알 수 없었다. 직원들이 모두 나선 놀라운 광경 때문에 방금 전 민희가 말한 '프러포즈'라는 단어를 떠올릴 겨를이 없었다.

연주가 시작되었다.

약간은 불안정한 결혼 행진곡이었다. 하지만 연습을 많이 했는지 박자는 딱딱 맞았다.

그리고 그들 사이로 준성이 걸어왔다.

약간은 긴장한 듯 입매가 굳은 준성의 얼굴을 멍하니 보다가 뒤늦게 '프러포즈'라는 말을 떠올렸다.

아아, 그래. 프러포즈. 그거구나.

자신이 프러포즈를 받게 되었다는 느낌이 아닌, 제삼자가 프러포즈를 구경하는 것 같은 기분으로 준성을 기다렸다. 준성은 평소처럼 느릿하게 걸어와 시현의 앞에서 멈췄다. 그와 동시에 결혼 행진곡도 멈췄다.

주위가 조용해지자 시현은 이것이 자신의 일이라는 것을 실감했다. 평생을 함께하고픈 남자가 지금 프러포즈를 하려고 하고 있다.

심장이 벅찼다. 매일 보는 얼굴인데도 다르게 보이는 이유는 아마도 잔뜩 긴장한 그의 표정 때문일 것이다.

바보. 내가 당신을 거절할 리 없잖아요.

그렇게 생각하며 시현은 준성을 쳐다봤다.

"나는……."

얇고 붉은 입술이 달싹거리며 낮은 음성이 흘러나왔다.
"음…… 나는……."
준성은 말을 잇지 못했다. 어떤 말을 해야 할지 모르겠다는 듯 띄엄띄엄. 그런 준성 때문에 당황한 것은 명성과 민희와 정후, 그리고 직원들이었다. 사장님, 차 사장, 오빠, 힘내! 모두 한마음으로 부르짖었지만 그래도 준성은 말을 이어가지 못했다.
'저 멍충이! 그렇게 연습했으면서!'
민희는 속으로 혀를 찼다.
'널 사랑해, 평생 함께 걸어가자. 그 말이 뭐가 그렇게 어려워?'
이보다 더한 짓도 낯빛 하나 안 바꾸고 해댔으면서 프러포즈 하나에 절절매는 모습이 신선하기도 했지만, 그보다는 짜증이 앞섰다.
'여기서 실패하면 도와준 게 뭐가 돼!'
도와준 사람들의 심정이야 어떻든 시현은 준성에게서 눈을 뗄 수가 없었다. 모든 것을 다 가진 이 남자가, 어느 여자도 반할 법한 이 남자가, 낙타를 태우고 다니면서도 뻔뻔하던 이 남자가 긴장하고 있다. 그것도 시현에게 프러포즈를 해야 한다는 이유로.

그게 기뻤다.

"아침은 내가 할게."

마침내 준성이 용기를 냈다.

"설거지도 내가 하고."

느닷없이 튀어나온 말에 시현도 놀랐지만 그보다는 뒤에 있던 직원들이 더 놀랐다.

'사장님!'

'왜 그러세요!'

"그리고…… 청소도 내가 할게. 아, 빨래도."

간절히 매달리는 듯한 준성의 모습에 직원들의 눈에 눈물이 고였다.

'아아, 사장님. 차이겠네요.'

'너무 매달리는 남자는 매력이 없다고요.'

'우리 사장님, 급하시구나.'

'자신감을 가지세요!'

직원들의 걱정대로 시현의 얼굴이 찌푸려졌다. 시현은 고운 미간에 주름을 잡은 채 준성을 올려다봤다.

"사장님이 다 하시면 저는 뭘 해요?"

그러자 준성은 구경꾼들의 심장마저 쿵 내려앉을 정도로 달콤한 미소를 지으며 말했다.

"늦은 밤에 내 팔을 베고 누워서 얘기해 줘. 하루 종일 뭘 했는지, 무슨 생각을 했는지. 그리고 아침에 내가 눈을 떴을 때, 내 품 안에서 잠든 모습을 보여 줘."

준성은 허리를 굽혀 시현의 이마에 키스했다.

"결혼해 줘, 시현아."

네, 하고 대답해야 하는 거겠지. 깜짝 프러포즈를 받은 여자들처럼 울먹거리며 저 넓은 가슴에 안겨 알겠다고, 사랑한다고 대답해야 하는 거겠지.

사실은 그러려고 했다. 뭉클한 가슴이 눈가를 적셔 눈물이 흐를 것 같았지만 시현은 꾹 참고 민희를 쳐다봤다. 그리고 장난스러운 미소를 지으며 물었다.

"어떻게 할까?"

민희가 짐짓 심각하게 대답했다.

"평온한 인생을 바란다면 거절해."

민희의 말에 준성의 미소가 사라졌다. 준성은 다시 굳은 표정으로 돌아가 시현의 입술만 쳐다봤다. 그곳에 자신의 인생이 걸린 동아줄이라도 있다는 듯이.

"하지만…… 평온한 것보다는 좀 더 즐거운 게 좋잖아. 불쌍하니까 받아줘 버려."

민희가 덧붙인 말에 시현은 환하게 웃으며 두 팔을 벌렸다. 기다렸다는 듯 시현의 품에 와서 안기는 준성을 꽉 끌어안고 시현은 어린 시절부터 꿈에서만 그렸던 대답을 했다.

"응, 자기. 결혼해 줄게."

6

해성 그룹 차 회장의 손자 차준성의 결혼식은 모든 여자가 질투를 할 정도로 성대하게 치러질 거라는 소문이 돌았다.

준성을 사윗감으로, 남편감으로 노리고 있던 사람들은 갑작스러운 결혼 소식에 허둥거리며 상대 여성에 대해 알아보려고 동분서주했다. 상대 여성을 알아내는 건 어렵지 않은 일이었다. 차준성이 그녀와 딱 달라붙어 있었기 때문이다.

차준성의 연인인 이시현이 부모도, 아무 배경도 없는 여자라는 걸 알게 된 사람들은 이럴 줄 알았으면 진작 차준성을 공략할 걸 그랬다며 땅을 치고 후회했다.

그들을 둘러싼 사람들의 심정이야 어떠하든 결혼식은 착착 진행이 되었다.

결혼식장으로는 벚나무가 많이 있는 어느 넓은 공간을 빌렸다. 한창 벚꽃이 필 무렵이라 흐드러지게 핀 분홍 벚꽃이 눈처럼 휘날렸다. 하늘은 찰방, 흔들릴 것처럼 맑았고 바람은 선선했다. 날씨마저도 두 사람의 결혼을 축복해 주는 듯했다.

많은 사람들이 찾아왔다. 그들 중에는 진심으로 축하를 하러 온 사람도 있었지만, 준성과 결혼하는 '별거 없는 여자'를 구경하고 험담하기 위해 찾아온 사람도 많았다.

"꽃뱀 사건 관계자였잖아."

"그거 윤 의원 손녀가 한 짓이라고 밝혀지지 않았어?"

"모를 일이지. 아니 땐 굴뚝에 연기 날까?"

"여하튼 완전 신데렐라네. 가족도 없고 배운 것도 없는 것 같던데."

여기저기서 수군거리든 말든 신랑과 신부는 행복했다. 짧다면 짧은 시간, 많은 일들이 있었고 아픔이 있었고 슬픔이 있었고, 그리고 행복만 남았다. 흰 드레스를 입은 시현은 자신의 옆에 서 있는 준성의 손을 꼭 잡았다. 절대로 놓지 않겠다는 듯.

이 손을 잡고 있으면 시현은 믿게 된다. 아픔과 슬픔이 존재하는 것이 삶이지만 그 끝에는 또 다른 행복이 기다리고 있다는 것을. 사람이 부딪혀 멈추게 되는 것은 한계이기 때문이 아니라 조금 높은 벽 때문이라는 것을. 그 벽을 넘는 것이 아무리 힘들어도 넘고 나면 그 너머에 새로운 것이 기다리고 있다는 것을. 그것을 시현은 믿을 수 있었다.

"행복하자, 시현아."

준성이 정면을 응시한 채 속삭였다. 시현 역시 앞을 바라보며 대답했다.

"응, 행복해요, 우리."

명성은 사람들 사이에 가만히 서서 잘 어울리는 두 사람을 바라봤다. 신랑 앞까지 데려다 줄 아버지가 없는 시현이기에 신랑 신부 동시 입장을 했다. 다른 신부들은 결혼을 할 때 펑펑 울기도 하는데 시현은 결혼식 내내 웃고 있었다. 저렇게 좋을까, 저렇게 행복할까. 따끔따끔하면서도 설레는 감정이 명성의 가슴속에 가득 차 있었다.

"시현 씨, 정말 반짝거리는구나."

중얼거린 말에 정후가 대답했다.

"그쵸. 그 일 있고 나서 시현 씨가 웃으면 정말 반짝반짝거리는 거예요. 너무 예쁘더라고요."

"응, 저렇게 예쁘게 웃을 수 있는 줄은 몰랐어."

"네. 그래서 사장님한테 저도 그런 말을 했어요. 시현 씨가 저렇게 예쁘게 웃을 줄 누가 알았겠냐고. 그랬더니 사장님이 뭐라고 했는지 아세요?"

"뭐래?"

"달라진 거 없어. 맨날 저렇게 반짝거렸잖아."

"아…… 하하……."

명성은 헛웃음을 흘렸다. 자신의 마음을 감추기 위해서였다.

준성이 했다는 말을 듣는 순간 뼈저리게 깨달았다. 아아, 동생아. 난 정말 널 이길 수가 없구나.

시현은 아픔을 극복하면서 더 밝게 웃게 되었다. 민희도, 정후도, 명성도 시현이 더 밝아졌다고, 그 미소가 더 반짝거리게 되었다고 느꼈다. 그러나 준성의 눈엔 그렇지 않았다. 준성의 눈에 보이는 시현은 항상 반짝이고 있었다.

질투심조차 생기지 않을 만큼 사랑하는 두 사람이기에 이번에야말로 명성은 시현을 향한 감정을 완전히 접을 수 있었다.

명성은 시현을 향해 작은 목소리로 말했다.
"축하해요."

기억 둘. 그때에도, 지금도

1

정후는 당황해서 뒷걸음질을 치고 말았다. 귀엽고 사랑스러운 사모님은 조금 막무가내인 구석이 있었다. 생각해 보면 처음부터 그랬던 것 같다. 준성과 정후의 사이를 사랑하는 사이라고 오해하고 몰아붙였으니까.

"저…… 사모님……."

"어휴, 비서님. 그 호칭은 진짜로 쓰지 말아 주세요. 손발에 닭살 돋아요."

"아, 그럼…… 시현 씨. 저…… 방금 뭐라고 하셨죠?"

"로운 클럽 회원으로 가입하시라고요. 제가 담당할 테니까."

"아뇨, 그러니까…… 대체 왜요?"

"밀어 드리려고요."

"낭떠러지에서요?"

"……그럴 리가요. 우리 비서님도 이제 결혼하셔야 하니까 제가 팍팍 밀어 드리려고 하죠."

"아, 시현 씨. 저는 그냥 제가 알아서……."

"알아서 못 하시니까요. 그러니까 제가 끼어들려고요."

"아뇨, 아주 알아서 잘하고 있습니다."

그런 변명을 할 때만 해도 시현이 그저 서른 넘어 혼자인 정후가 불쌍해서 오지랖을 부리는 걸로만 생각했다. 하지만 시현은 정후가 예상치도 못한 대답을 했다.

"하지만 아직 고백도 못 하고 계시잖아요."

"고백이라니요? 그건 좋아하는 사람이 있어야……."

"민희한테."

정후의 눈이 커졌다가 작아졌고, 입술이 벌어졌다가 닫히기를 반복했다. 정후는 애써 동요하지 않은 척하려 했지만 그러기엔 너무 늦었다는 걸 깨달았다. 당황한 기색을 심하게 드러냈다.

시현은 그런 반응을 예상했는지 컴퓨터로 회원 서류 작성을 하고 있었다.

"아, 저기, 시현 씨. 뭔가 오해를 하시는 모양인데……."

"언제 눈치를 챘냐면요. 저번에 우리 다 같이 민희네 집에 바비큐 파티를 하러 갔을 때, 그때 눈치를 챘어요."

'시현 씨, 지난번에 저랑 사장님 사이 오해한 거 잊었습니까? 지금도 그것과 같은 상황입니다.'라는 대답을 빠르게 했어야 했다. 그러나 정후는 '그 바비큐 파티에서 무슨 일이 있었지?'라는 생각을 하느라 대답을 하지 못했다. 그게 시현의 믿음을 더 굳게 만들었다.

"민희가 고기를 굽고 있었어요. 민희는 명령하는 타입이니까 좀 신기하기는 했죠. 명성 오빠도, 저도, 사장님도 다 신기해서 민희를 쳐다보고 있었거든요."

"네, 그래서 저도 신기해서 쳐다본 거예요."

"달콤하더라고요. 김 비서님은 잘 웃으시지만 그렇게 달콤하게 웃는 건 처음 봤어요. 하마터면 김 비서님한테 반할 뻔했다니까요."

시현의 말에 정후는 한 손으로 얼굴을 가렸다. 그 모습을 들켰다고 생각하자 얼굴이 확 달아오르는 게 느껴졌기 때문이다. 다행히도 시현은 모니터의 회원 서류를 보느라 정신이 없었다.

"민희 마음은 알고 있었지만 비서님도 같은 마음이라는 건 그때 처음 알았어요."

귀엽고 사랑스러운 사모님은 놀라울 정도로 눈치가 빨랐다. 자기들 사랑에는 그렇게 둔하더니 남의 사랑에는 뭐 이리 눈치가 빠를까.

민희의 마음.

그건 정후도 알고 있었다. 언제나, 항상, 오랫동안.

처음 깨달은 건 아마도 고등학교 때였을 것이다. 수업이 끝나고 집에 왔는데 민희가 본가에 놀러 와 있었다. 나풀거리는 파란색 원피스를 입은 민희는 새치름하게 앉아 책을 읽고 있다가 정후의 목소리가 들리자 고개를 번쩍 들고 정후를 향해 환하게 웃었다.

"오빠, 덥지?"

그렇게 웃는 민희를 보는 순간 정후는 깨달았다. 아아, 이 아가씨가 날 좋아하는구나.

자의식과잉 따위가 아니었다. 이유가 뭔지는 모르겠는데 그때만큼은 민희의 감정이 너무도 확실해서 부정할 수가 없었다. 그리고 또 다른 확실한 감정 하나를 깨닫게 되었는데, 그 것은 바로 자신의 마음이었다. 자신 역시 민희와 같은 마음으로 그녀를 바라보고 있었다는 것을 정후는 그제야 깨달았다.

"네, 덥네요."

그러나 정후는 퉁명스럽게 대꾸하고 민희를 스쳐 지나갈 수밖에 없었다. 정후는 해성 그룹 사람들의 눈 밖에 나고 싶지 않았다. 감히 손을 대서는 안 될 아가씨를 건드려 쫓겨나기 싫었다. 혹여 두 사람의 사이가 허락이 되더라도 일부에서는 그런 이야기들이 나돌 터였다.

차 회장 댁 김정후, 그 애 신분 상승을 위해서 별짓을 다 하나 봐요. 그 집 어린 아가씨까지 꼬드겼다죠? 그 아가씨도 바보야. 자기를 이용하려는 건지도 모르고. 하여간 철딱서니 없이 자란 아가씨들은 그게 문제야. 누군가 조금만 친절하게 대해 주면 자기를 정말로 좋아해서 그런 거라고 생각한다니까.

민희는 똑똑하고 당찬 소녀였다. 민희에게 그런 오해의 시선을 덮어씌우기 싫었다.

시간이 흐르면 사라질 줄 알았던 그 감정은 시간이 갈수록 색을 더해 짙어져만 갔다. 짙어진 사랑이 검붉은색이 되고, 그 색이 아예 심장에 눌어붙어 그 무엇으로도 지울 수 없게 되었지만 그래도 정후는 민희에게 마음을 고백할 수 없었다. 시간이 흘러가도 민희는 해성 그룹의 아가씨였고, 정후는 어디서 주워 온 정체 모를 고아일 뿐이니까.

누구에게도 말하지 않은 감정을 시현이 눈치챌 줄은 몰랐다. 그래, 사실은 이래서였다. 민희를 열심히 피한 이유. 대하기 어렵다는 이유로, 무섭다는 이유로 피한 이유는 그 감정을 누군가 알게 될 것이 두려워서였다.

"시현 씨. 저도 나이가 있어서 예쁜 아가씨들 보면 가슴이 설레거든요. 민희 아가씨도 워낙 예쁘게 생겼으니 잠깐 설레었던 거뿐이에요. 남자들이라면 누구나 느끼는 그런 감정이죠."

자신의 입으로 사랑을 부정해야 하는 것이 이토록 아픈 일인지 몰랐다. 누군가 심장에 바늘을 콕콕 박아 넣는 통증이 일었다.

시현이 서류 작성을 멈추고 정후를 빤히 쳐다봤다. 시현이 저런 식으로 쳐다볼 때면 속마음을 남김 없이 털어놓고 싶어지기 때문에 정후는 힘겹게 시선을 돌렸다.

"그러지 마세요, 비서님. 그런 식으로 말씀하지 마세요."

정후의 숨겨진 속마음을 안다는 듯, 오랜 가슴앓이를 모두 알고 있다는 듯 시현이 말했다. 시현의 부드러운 목소리를 들으며 정후는 어떤 말로도 자신의 감정을 감출 수 없다는 것을 깨달았다.

"맞아요. 그래요. 시현 씨 말대로입니다."

정후는 거짓말을 포기하고 의자에 앉았다. 무릎 위에서 두 손을 거머쥐고 아무에게도 꺼내 보여주지 못했던 마음을 고백했다.

"시현 씨 말대로 사랑하고 있습니다. 아가씨를."

눈앞에 앉아 있는 여자가 민희라면 얼마나 좋을까. 민희에게 이 감정을 솔직하게 털어놓을 수 있다면, 나도 당신과 같은 마음이라고 전할 수 있다면 얼마나 좋을까.

"하지만 그뿐입니다."

정후는 피어나려는 소망을 서둘러 끊어냈다. 위험했다. 하마터면 헛된 소망을 꽃피울 뻔했다.

"전에도 이야기했지만…… 저는 버림을 받았습니다. 고아원에서 탈출해서 길거리에서 먹고 자는 저를 차민수 사장님께서 거둬 주셨습니다. 그리고 그 친지들 역시 저를 받아 주셨고요. 아주 감사한 분들이지요. 그러니까 저는…… 그분들을 배신할 수 없습니다."

"민희한테 사랑한다고 하는 게 왜 배신이에요?"

기억 둘 315

"배신입니다. 민희 아가씨는 앞날이 창창합니다. 잘 배우고 집안까지 좋은 그런 남자를 만날 수 있는 분이죠. 그런데 저처럼 근본도 없는 놈이 민희 아가씨를 가로챈다면 다들 뭐라고 생각하겠습니까? 제가 욕을 먹는 건 상관없습니다. 다만, 민희 아가씨의 평판이 나빠지겠죠. 그건 절대로 안 되는 일입니다. 민희 아가씨는 최고의 남자와 맺어져야 합니다. 그럴 가치가 있는 분이니까요."

힘겹게 털어놓은 속마음을 듣던 시현이 고개를 숙였다. 한참 그러고 있던 시현이 다시 고개를 들더니 정후와 눈을 맞췄다. 시현의 얼굴에 씁쓸한 미소가 맺혀 있었다.

정후는 당황했다. 지금 시현이 짓는 미소가 예전에 시현이 아픔을 품고 있을 때 짓던 미소와 비슷했기 때문이다.

"그렇게 돌려서 절 비난하시는 건가요?"

이윽고 흘러나온 목소리에 정후는 크게 놀라 벌떡 일어났다.

"시현 씨를 비난하다니요!"

"그렇잖아요. 저도 뭣도 없는 여자예요. 근본…… 제 어머니는 자기 편하자고 절 버렸어요. 그게 제 근본이죠. 그런데 사장님이랑 결혼했잖아요."

"아, 아니요. 시현 씨, 정말 저는……."

정후는 말문이 막혔다.

따지고 보면 시현의 말이 맞았다. 시현과 정후는 비슷한 과거를 가지고 있었고 비슷한 위치에 있었다.

"그렇게 생각하시는지 몰랐어요."

"시현 씨……."

"그러겠네요. 저 때문에 사장님의 평판이 떨어졌겠네요. 저도…… 뭣도 없는 주제에 사장님을 꼬셨다고 욕먹고 있겠네요."

"시현 씨…… 전 정말로…… 아닙니다. 절대로 아니에요. 그래요. 누군가는 욕할지도 모르죠. 하지만 그렇지 않은 사람이 분명 있습니다. 저도 그렇고, 명성 형님도 그렇고…… 절대로요. 절대로 시현 씨가 모자라다고 생각하지 않습니다. 정말로요. 다른 사람들의 생각 따위는 신경 쓰지 마세요."

시현이 너무 슬픈 표정으로 말하는 바람에 정후는 지금까지 뭘 주제로 얘기했었는지 잊어버리고 시현을 달랬다. 어깨를 축 늘어뜨리고 있던 시현의 눈이 갑자기 반짝 빛났다. 마치 지금까지의 서글픈 표정은 거짓이었다는 듯 시현은 원래의 반짝반짝 빛나는 모습으로 돌아와 부드럽게 웃었다.

"네, 맞아요. 비서님. 그 말, 돌려 드릴게요."

속았다!

귀엽고 사랑스러운 사모님은 녹록지 않은 여자였다. 사실 남들의 평판 따위 전혀 신경 쓰지 않으면서 슬픈 척, 속상한 척 정후를 속였던 거다.

"저는 김 비서님이 모자란다는 생각, 전혀 안 해요. 근본, 그런 게 뭔지 모르겠어요. 제 눈에 보이는 비서님의 근본은 다정하고 부드럽고 남을 잘 챙겨 주고 정이 많고…… 전부 그런 것들뿐이거든요. 그러니까 비서님도 다른 사람들의 생각 따위 신경 안 쓰시면 안 될까요?"

"하아…… 사모님……."

"어휴, 사모님이라고 부르지 마시라니까요. 자, 그럼 회원 등록할게요."

정이 많다는 건 인정한다. 하지만 끊을 건 확실히 끊을 줄 아는 남자였다. 그러나 정후는 자신이 이 사랑스러운 사모님을 절대로 이길 수 없다는 걸 깨달았다.

회원 등록을 끝낸 시현이 환하게 웃으며 말했다.

"고객님, 최고의 사랑을 할 수 있도록 도와 드릴게요."

2

 퇴근 시간이 되자마자 시현은 사장실로 쪼르르 내려갔다. 비서실에 정후가 없는 걸 보니 시현과 마주치고 싶지 않아서 도망친 모양이다. 시현은 웃으며 사장실 문을 활짝 열었다.
 소파에 누워 있던 준성이 두 팔을 벌렸다. 어서 와서 안기라는 소리다. 시현은 자연스럽게 그의 품에 안겼다.
 "성공했어요."
 "흐응."
 "성공했다니까요."
 "잘했어. 뽀뽀해 줘."
 "아니, 성공은 내가 했는데 왜 자기한테 선물을 줘야 돼?"
 "그러네. 그럼 내가 뽀뽀해 줄게."
 준성이 시현의 정수리에 쪽쪽쪽 입을 맞췄다. 한두 번으로 끝내지 않고 입술이 아플 때까지 뽀뽀를 하는 건 준성의 버릇. 시현은 그냥 내버려두고 얘기했다.
 "비서님이 펜팔도 싫고 우리 테마룸에서 미팅하는 것도 싫대요. 이왕이면 그냥 아무것도 안 하고 내버려뒀으면 좋겠대요."

"김 비서가 민희를 좋아하긴 좋아해?"

"응, 확실하다니까요."

"흐음. 취향도 별나네."

"그렇게 따지면 내 취향이 더 별나지. 자기 같은 남자를 사랑하게 됐는데."

"사랑해 줘서 고마워."

"별말씀을요."

"그래서 어쩌게? 다 하지 말라는데."

"민희가 비서님을 사랑하는 건 확실한 거죠?"

"응, 확실해."

민희가 정후를 사랑하고 있다는 말을 해 준 건 준성이었다.

정후가 민희를 좋아한다는 걸 알게 된 후 지나가는 말처럼 그 얘기를 하자,

비서님이 민희를 좋아하는 것 같아요.

깜짝 놀랄 줄 알았던 준성은 전혀 놀라지 않고 느긋하게 대답했다.

응, 민희도.

어떻게 알았냐고 했더니, '걔는 만날 김 비서만 쳐다보거든. 형도 알고 있을걸.'이라는 대답이 돌아왔다. 그래서 시현은 두 사람을 위해 나서기로 결심했다. 둘 다 시현을 위해 애써 줬으니 그들도 자기 자신처럼 행복해지기를 바랐다.
"펜팔도 안 되고 미팅룸도 안 되면…… 어떤 방법이 좋을까요?"
"그냥 둬. 귀찮은데."
"민희랑 비서님이 우리 때도 많이 도와주셨잖아요. 사람이 은혜를 입었으면 갚아야 하는 거예요."
"우린 까치가 아냐."
"……제발 밉살맞은 소리 좀 그만 하실래요?"
시현은 준성의 양쪽 볼을 꼬집어 양쪽으로 쭉 잡아당겼다. 바보 같은 모습이 되었지만 준성은 얼굴을 빼낼 생각도 하지 않았다. 누가 이기나 보자는 생각으로 계속 잡고 있었는데, 결국 손가락이 아파서 시현이 포기했다.
"아팠어."
시현이 손을 놓자 준성이 중얼거렸다.

"그럼 좀 움직여서 빼내지 그랬어요?"

"네가 날 아프게 하는 걸 좋아하잖아."

"……저 변태 아니거든요?"

"정말?"

"네, 정말요!"

"흐음. 난 널 아프게 하는 게 좋은데."

"네?"

시현이 놀라기도 전, 준성이 갑자기 시현을 확 끌어당겨 소파에 눕히고 시현의 위로 올라탔다. 음흉한 시선으로 시현을 내려다보던 준성이 시현의 입술에 입을 맞추고 귓불을 잘근 씹었다. 준성의 입김이 귓가에 닿자 시현은 잘게 몸을 떨었다. 준성은 시현의 귓불을 애무하던 입술을 조심스럽게 아래로 움직였다. 뜨거운 입술이 시현의 목덜미에서 머무르다가 더 아래로 내려가려고 할 때였다.

"사장님! 최창구 의원댁 아들이………."

문이 벌컥 열리고 정후가 들어왔다. 정후는 눈앞에서 펼쳐진 광경에 놀라 굳어 버렸다. 시현도 놀라서 준성을 밀어내려 하는데 준성은 아무래도 상관없다는 듯, 하던 것을 계속하려고 들었다.

"아, 사장님!"

시현이 버럭 화를 내며 준성을 밀어내고 일어났다. 발그레 붉은 얼굴을 정후에게 보이기 민망해서 고개를 반대쪽으로 돌렸다.

"그냥 호텔 사업을 하시지 그러세요?"

간신히 얼음 상태에서 벗어난 정후가 투덜거렸다.

"그럴까 봐."

"그럴까 봐는 무슨 그럴까 봐예요? 죄송해요, 비서님."

"아닙니다, 사모님. 노크를 안 한 제 잘못이죠. 하지만 사장실과 비서실 방음 안 되니까 주의해 주세요."

"아, 비서님!"

"그럼 계속 진행하십시오."

"나가지 마세요!"

시현이 절규했지만 정후는 정중하게 말하고 사장실의 문을 닫았다. 부끄러운 광경을 들켰다는 생각에 얼굴이 화끈화끈. 다른 생각을 할 수 없어서 두 손으로 뺨을 톡톡 두드리는데, 준성이 시현의 머리카락에 입을 맞추며 말했다.

"그럼 계속 진행하자."

"지, 진행은 무슨 진행이에요. 얼른 집에나 가요."

"왜? 김 비서가 계속 진행하라잖아."

"어휴! 어휴어휴어휴!"

정말 애도 아니고.

결혼 전에는 이렇게까지 어린애 같은 남자인 줄 몰랐다. 시현은 자기 놀리는 것에 재미가 붙은 듯한 준성의 손을 앙 깨물고는 벌떡 일어났다.

"어디 가?"

"집에요!"

"집에 가서 같이 샤워할까?"

"절대 싫거든요?"

"내가 머리 감겨 줄게."

"싫어요."

"등 마사지도 해 주고."

"……싫어요."

"어깨도 주물러 줄게."

"하아. 알겠어요. 마사지만 해 주셔야 돼요?"

"……응."

"대답 전의 그 공백은 뭐죠? 그 이상의 것을 하려는 거죠?"

"아냐."

"사장님 결혼한 후로 거짓말쟁이 된 거 알아요?"

"선의의 거짓말이야."

"사장님한테나 선의겠죠. 저는 아주 잠도 못 자서 죽겠다고요."

"오늘은 재워 줄게."

"그것참 고맙네요."

시현이 준성을 쩨려보는 동안, 사장실 안에서 들려오는 소리를 들으며 정후는 생각했다.

'저 두 사람은 진짜 머리가 나쁜 게 분명해. 여기 방음 안 된다고!'

3

'이거 참……'

정후는 쓴웃음을 짓고 말았다.

'우리 사모님, 약간 바보인가?'

시현의 강압으로 로운 클럽의 회원이 된 지 한 달이 지났다. 시현에게는 분명하게 말해 두었다.

카페 같은 곳에서 만나는 거 싫어요. 펜팔 싫어요. 테마룸에서 코스튬 플레이하는 거 싫어요.

로운 클럽에서 할 만한 모든 기획을 다 싫다고 했으니 다른 방법을 찾지 못해 아무 행동도 안 할 줄 알았다. 하지만 시현은 했다. 민망할 정도로 눈에 뻔히 보이는 기획을, 지치지도 않고 계속해서.

첫 번째는 저녁 식사였다.

시현이 오늘 다 같이 모이기로 했으니 어느어느 일식집에서 만나자고 했다. 준성과 시현을 태우고 같이 가려고 했는데, 둘 다 먼저 출발했는지 보이지 않았다. 할 수 없이 정후 혼자 일식집으로 향했다. 정후가 제일 먼저 도착했고 그다음으로 민희가 왔다. 그리고 아무도 오지 않았다.

[비서님, 죄송해요. 갑자기 회장님이 부르셔서 가 봐야 할 것 같아요.]

라는 문자가 시현에게서 왔고,

[피곤해서 좀 잘게.]

라는 문자가 준성에게서 왔고,

[회의 있어서 못 간다.]

라는 문자가 명성에게서 왔다.

한숨이 나올 정도로 눈에 보이는 계획이라서 오히려 아무 상관 없는 정후가 민망해졌다. 혹시 민희가 이 계획을 눈치챘으면 어쩌나 걱정했는데,

"이것들이 아주 놀고 앉아 있네! 사람 바빠 죽겠는데 부르더니 안 나와? 아주 싹 다 없애 주겠어!"

라고 길길이 날뛰는 모습에 걱정을 접었다. 다행히도 민희는 아무것도 모르고 있었다.

여하튼 그날은 분노한 민희를 달래며 밥을 먹느라 정신이 하나도 없었다. 두 번 다시는 이런 계획에 낚이지 않겠다고 결심했다. 하지만 시현은 아주 교묘하게 정후를 낚았다. 비록 계획의 내용물은 허술할지언정, 사람을 낚는 기술만큼은 최고라고 할 만했다. 시현의 낚시질에 걸려 민희와 단둘이 되는 상황만 벌써 일곱 번째. 게다가 오늘은 블록버스터라고 할 만큼 거대한 낚시질을 당했다.

'아무리 그래도 그렇지…… 회사 문을 통째로 잠가버리다니.'

시현이 갑자기 일이 터졌다며 로운 본사로 오라고 연락을 한 게 밤 10시쯤의 일이었다. 편한 옷을 입고 집에 누워 있던 정후는 빨리 와야 한다는 시현의 말에 놀라 옷을 갈아입지도

못하고 회사로 뛰어왔다.

하지만 시현의 사무실에서 기다리고 있는 건 민희였다. 민희를 보는 순간 '설마'라는 생각이 들었고, 엘리베이터를 타고 1층으로 내려오는 동안, 들어올 때 로비에서 경비원을 못 봤다는 사실을 떠올렸다. 그리고 1층으로 나온 정후는 '설마'가 사실이 되었다는 걸 깨달았다. 본사의 문이 전부 잠겨 있었다.

이제는 민희도 시현이 무슨 짓을 하는 건지 슬슬 눈치를 채고 있는 것 같았기에 정후는 더 조마조마했다.

"대체 뭔 일이래."

뒤에서 들려오는 목소리에 소스라치게 놀랐다. 민희가 그곳에 있다는 걸 알고 있었는데도 놀라는 자신의 모습이 우스웠다.

민희는 로비의 소파에 앉아 다리를 꼬았다.

"정말 이게 뭔 짓이래?"

"그러게요."

"얼마 전부터 계속 이상하지 않아? 자기가 먼저 만나자고 해놓고 자꾸 약속 취소하고."

"하하……."

어색하게 웃는 것 말고는 할 수 있는 일이 없었다. 민희는 한숨을 푹 쉬더니 조용히 문밖을 바라봤다. 유리로 만들어진 창문 밖으로 조용히 흘러가는 밤거리가 보였다. 반짝거리는 불빛들, 오가는 차들과 사람들. 정후는 어쩔까 하다가 민희와 조금 떨어진 곳에 앉았다.

"그렇게 입은 거 오랜만에 보네."

"아, 네. 급하게 나오느라……."

"어려 보여. 나보다 더 어려 보이겠다."

"그럴 리가요."

"정말로."

민희가 고개를 옆으로 기울이고 생긋 웃었다. 가슴이 저릿했다. 민희는 가끔 열여덟 소녀처럼 순수하게 웃을 때가 있었다. 그럴 때마다 정후는 가슴이 죄는 통증을 느꼈다. 손댈 수 없는 것을 열망할 때의 허무함에 기인한.

"김 비서는 연애 안 해?"

"뭐, 언젠가는 하겠지요."

"시현이랑 차 사장이랑 둘이 엄청 닭살이잖아. 그거 보고 있으면 외롭겠다."

"별로요. 너무 닭살이라서 현실감이 없거든요."

"하긴. 그 둘, 진짜 너무 닭살이긴 해."

민희가 장난스럽게 웃었다. 어린애 같아 보이는 그 미소를 사랑한다.

"아가씨야말로 연애 안 하십니까? 어릴 적에는 종종 남자친구도 만들고 그러셨으면서."

"어릴 때는 철모를 때니까. 나이가 드니까 이것저것 따져야 하는 게 많더라고."

"아아."

정후는 쓰게 웃었다.

그래, 민희도 이제 나이가 들었다. 어릴 적에는 아무것도 모르고 정후를 사랑했을지도 모르지만 나이가 들면서 주위 상황을 살피게 되고 사람들의 시선을 고려하게 되면서 정후에 대한 마음을 접었을 것이다. 민희가 여전히 자신을 사랑할 거라고 생각한 건 정후의 자만심일지도 몰랐다.

"나 말고 남자들이."

그런 정후의 마음을 읽은 듯 민희가 덧붙였다. 정후가 고개를 돌려 민희를 바라봤지만 민희는 다시 저 유리문 밖을 보고 있었다.

"따지더라고. 무서워하고, 걱정하고. 나는 해성 그룹의 핏줄이니까 혹시라도 잘못했다가는 해성의 힘이 자기들을 억누르고 짜부라뜨릴까 봐 전전긍긍. 그래서 어느 순간 그들은 나에게 남자친구가 아닌 노예가 되어 버리고, 나는 그들에게 숨 막히는 존재가 되어 버리는 거야. 그들이 그렇게 이것저것 따지니까 나는 연애를 할 수가 없게 되더라고."

"그러십니까……."

사실은 이런 멋대가리 없는 추임새가 아닌 다른 이야기를 해 주고 싶었다. 당신은 너무 아름다워서, 당신을 보고 있으면 숨이 막힙니다. 아마도 그들은 숨이 막혀도 좋으니 아가씨 옆에 있고 싶다고 생각했을 겁니다. 이렇게나 아름다우니까요. 보고만 있어도 가슴이 설레니까요.

준성이나 시현은 아무렇지도 않게 하는 그 멘트들이 정후에게는 도저히 풀 수 없는 숙제와도 같았다. 입술만 달싹거리다가 결국 포기하고 민희와 같은 곳을 바라봤다.

그렇게 오랫동안 침묵을 지키고 있을 때, 정후의 휴대폰이 울렸다. 시현이었다. 정후는 후다닥 화장실로 달려가 전화를 받았다.

"시현 씨!"

[김 비서님. 잘되고 있어요?]

"잘되고 뭐고…… 도대체…… 하아. 시현 씨. 제발 문 열어 주세요. 저 힘듭니다, 진짜."

[있죠. 제가 생각을 해 봤어요. 생각을 해 봤는데요, 이제 알겠어요.]

"시현 씨."

[민희는 똑똑하고 대담하고 거침없는 애예요. 그런데도 비서님한테 사귀자, 그 한마디 안 하는 건 단순히 용기가 없어서가 아닐 거예요. 걔는 저랑 다르니까요.]

대체 시현이 어디까지 알고 있는 건지 알 수 없었다. 민희의 마음도 알고 있는 걸까? 그러면 민희의 마음을 정후가 알고 있다는 것도 아는 걸까? 그래, 아니까 이런 이야기를 해 주겠지.

그래도 정후는 속이 답답했다. 하지만 그런 정후의 기분은 아랑곳하지 않고 시현은 계속해서 말했다.

[걔가 아무 말 안 하는 건 비서님의 마음을 알기 때문이겠죠. 비서님이 왜 걔를 지켜만 보는지, 왜 손을 뻗지 못하는지…… 비서님의 두려움을 아니까 걔는 닦달하지 않는 거예요. 비서님이 더 숨 막힐까 봐.]

그 순간, 심장이 떨어지는 충격을 받았다.

허무맹랑한 말이에요, 라고 가볍게 대꾸할 수 없는 이유는 시현의 말이 진실임을 정후 역시 알고 있었기 때문이다. 사랑하는데도 상대의 공포를 알기에 조용히 바라만 보는, 어린 아가씨의 고집조차 부리지 않고 지켜보는 민희의 마음이 여과 없이 정후를 덮쳐왔기에 강한 충격을 받았다.

"그런…… 겁니까……?"

[네, 그런 거예요. 그리고 또 그런 생각을 했겠죠. 자기가 괜히 나서서 고백하고 자신의 세상으로 비서님을 끌어들이면 주위에서 비서님을 욕하고 비난할 거라고. 자기는 욕을 먹어도 되지만 비서님이 욕먹는 건 싫다고. 비서님이랑 똑같이 그런 생각을 하면서 꾹 눌러 참았겠죠. 보고 싶어도 만나지 않고, 고백하고 싶어도 말하지 않고.]

자신의 사랑과 아픔에 집중하느라 민희가 어떤 생각을 하고 있을지는 생각해 보지 않았다. 민희도 같은 마음으로 정후에 대한 사랑을 감추고 끊어내려 했을 거라는 생각은 단 한 번도 해 본 적이 없었다.

[여자를 너무 오래 기다리게는 하지 마세요. 민희, 지금까지 잘 참았잖아요.]

"네……."

귀엽고 사랑스러운 사모님의 말을 거부할 수가 없었다.

[그럼, 얼른 가요. 전화 뚝 끊어 버리고요.]

그래서 전화를 뚝 끊고 서둘러 로비로 나갔다. 민희는 아까와 똑같이 다리를 꼬고 앉아 유리문 밖을 보고 있었다. 그곳에 무언가 신기한 것이 있다는 듯이.

정후는 조용히 다가가 민희의 옆에 앉았다. 사이는 벌어져 있지만 아까보다는 가까운 위치였다. 민희는 돌아보지 않았다.

무어라 말해야 할까.

어떤 식으로 고백을 해야 할까.

준성과 시현의 사랑을 이어 주기 위해 그렇게 노력하고, 서로 고백하지 못하는 두 사람을 보면서 그렇게 답답해했었는데 정작 본인의 일이 되자 머릿속이 텅 비어 버렸다. 그 두 사람이 왜 쉽게 고백하지 못했는지 알 것 같았다. 사랑이 너무 커서, 품고 있는 감정이 너무 거대해서 그것을 표현할 만한 단어를 찾을 수 없었던 것이다.

숫기없는 철부지 소년처럼 머뭇머뭇거리다가 정후는 어렵게 그녀를 불렀다.

"아가씨."

"응?"

민희가 고개를 돌려 정후를 바라봤다. 그녀는 눈이 부셔서 똑바로 쳐다볼 수 없을 정도로 아름다웠지만, 정후는 눈을 돌리지 않도록 노력하며 말했다.

"우리 내일 영화나 보러 갈까요?"

그녀의 마음을 깨달았던 그 어린 날, 용기 내서 이렇게 고백했더라면 아마도 그녀는 환하게 웃으며 대답했겠지. 태양보다 눈부신 미소를 지으며 말했겠지.

"응, 때려 부수는 영화로."

그래, 지금처럼.